夜空中，昴星最美

瑞昇文化

純愛學園。理化老師
「夜空中，昴星最美」　目次

！等我一下！
我是星野昴，14歲。
春假期間才剛從隔壁鎮搬到這裡。
姊姊快點走吧！
今天要帶著弟弟銀河，
去買東西，順便帶才剛養沒多久的天狼星，去第一次出門散步。
啊！
東張
西望
姊姊！那個是公園吧!?走吧！
上面還寫有倉鼠耶！
不～行！
先去買你的上衣！
是你自己說升上二年級之後要買新衣服的吧？
切——

04/05
FROM 瞳
SUB 苔
我把明天開學典禮要交的講義弄丟了幫幫我～！！
END
？是誰啊…
是瞳。
真是的～
又來了？
唉
扯
啊！
牽繩！
天狼星不可以!!
！

不會吧！要被卡車…！
撞到了！
飛
散
汪
咦…？
好痛…
汪
銀河！天狼星！

太好了…
視線千萬不能離開小孩和動物啊！
驚
很危險耶！妳在幹嘛！
對、對不起…是我…
啊…不是啦…

抱歉，妳應該也很害怕吧…
已經沒事了。
撲通…
走路的時候不要一邊玩手機哦！
好…
大哥哥，謝謝你救了我們。
小心點哦！
來，這個也是
北海道的馬鈴薯也超好吃的哦！
先走了！

喂
姊姊。
這顆石頭是什麼？
掉在地上了
不可思議的形狀…
剛才的那個人，
好像漫畫裡的男主角哦…

【第1章】

我是鹿能大地！請多多指教！

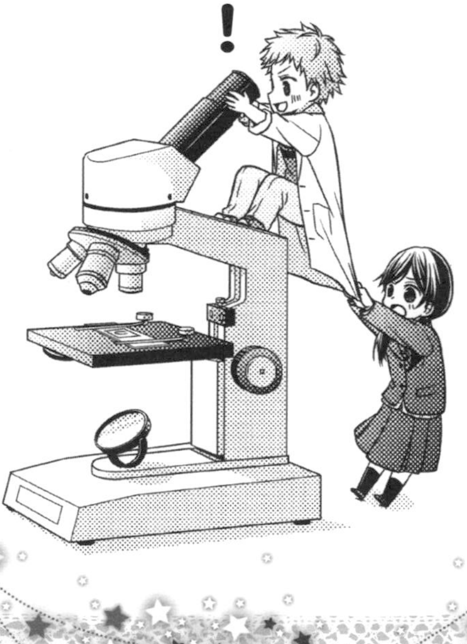

今天是升上國中三年級的第一天。開學典禮的早上，我們家還是一如往常的吵吵鬧鬧。

「銀河，快點起床！今天要上學了吧？姊姊要出門了哦！」

「再讓我睡一下嘛～。反正學校很近啊～」

「你夠了沒！才剛轉學怎麼能遲到。餵天狼星還有帶牠去散步，這些工作都是姊姊幫你做的吧！」

我只要再一年就能畢業了，所以我沒有轉學，還是上同一所國中，不過銀河轉學到離家比較近的小學。

「我出門了～」

我留下還穿著睡衣的銀河，比搬家前提早三十分鐘出門。

從今天起要搭公車上學。其實我有點期待，因為這樣感覺好像高中生哦。

說不定可以遇見不錯的對象……？我是不是想太多了呢？

但我馬上就放棄期待了，第一次搭乘早上的公車，人潮遠比我想像中還要多，還要擠。

一想到以後每天都要過這種日子，就覺得好累……。

物。

我搖搖晃晃的在離學校最近的站牌下車。

「早安，星野！」

聽到有人大聲叫我，回頭一看，是一直同班到二年級的川崎力同學。

川崎同學是棒球社的主將，成績還是全年級的第一名。既開朗又帥氣，是學校的風雲人物。

「啊、早安……」

「妳搬家了，今天是搭公車上學吧？好像很辛苦耶！」

和川崎同學這個風雲人物兩個人併肩上學，我有點緊張。

山崎同學也有點沈默。如果能像跟其他女孩一樣輕鬆跟他交談該有多好……。

走進正門，看到大家都擠在張貼了新學年分班表的入口處前方。

「啊，我先去確認班級。」

剛才一直很沈默的川崎同學突然一臉認真的對我說。

「星野，那個……剛才看到妳的背影，我打算今天一定要說出口。」

「咦……？什麼？」

這樣真不像是平常總是坦蕩的川崎同學。

「我從一年級的時候，就覺得星野不像其他女孩那樣輕浮，覺得妳認真的一面還不錯……」

咦……咦——!?現在是怎麼回事？

「星野在管弦樂社拉小提琴的樣子，非常、可愛。……哇，我在說什麼，好丟臉哦！」

我覺得很驚訝，完全說不出話來。

「呃，那個，如果可以的話，請和我交往吧！」

——站在喧鬧的入口，我瞬間覺得我們周圍的時間靜止了。

備受同年級還有學妹們仰慕的川崎同學，竟然說要跟我交往……。

「抱歉，這麼突然。請問，不行嗎？」

「咦，這個、那個……。也不是不行啦……。呃，我只是有點嚇到……」

「果然太突然了嗎？抱歉……。不過我說的交往，差不多也是一起回家之類的……」

我覺得好丟臉，不敢看川崎同學的臉。我一直看著地上，點了點頭。

「真的嗎!?太好了！」

川崎同學滿臉笑容的做出勝利姿勢，旁邊的人都驚訝的往這邊瞧。

有生以來第一次有人跟我告白。而且對方還是川崎同學……。

我還是無法相信這個事實，跟川崎同學一起抬頭看分班表。

「啊，我在二班……」

「我是一班耶。唉，國中最後一年，竟然要分到不同班了……」

川崎同學皺著眉，非常遺憾的說道。

這時，有人從後面拍拍我的肩膀。

「昴～！昨天謝謝妳的講義！我們又同班了，真是太好了耶！」

是我的好朋友石田瞳。

我的個性認真，只要裙子稍微短一點就會覺得很緊張，瞳則是比較搶眼，感覺像是「可愛女孩的代表！」我一直覺得我們是不協調的組合。

不過瞳有強烈的正義感，跟男孩子也能理直氣壯的吵架，我覺得她好酷哦。

「瞳……。這樣啊，太好了，我們同班……」

「……咦？怎麼了？妳怎麼怪怪的？」

川崎同學聽到我和瞳的對話之後，輕輕揚起手，笑著說。

「我先走囉，星野，回頭見。」

「嗯。」

我呆呆的望著川崎同學跑步離開的背影，瞳戳戳我的肩膀。

「咦？等一下哦，怎麼回事啊？『回頭見』好像別有含意嘛！」

「那、那個，其實是……」

我們一起走到二班教室，跟她說川崎同學突然跟我告白的事。

「很厲害嘛！就我所知，二年級的時候至少有三個女生跟川崎同學告白，都被他拒絕了耶。他竟然喜歡認真的昴，川崎同學還真不簡單啊！」

被瞳取笑之後，我覺得自己的臉熱了起來。

壓抑著浮動的心情，才剛在位置上坐下來，鐘聲就響了，一位男老師走進來。是二年級的國文老師——佐藤老師。

他身後還跟了另一個年輕的男老師。

那個人穿著深藍色的西裝，滿臉笑容，我覺得他走進來之後，教室好像一下子亮了起來。

不過總覺得好像在哪裡見過他耶……。

啊！是昨天銀河和天狼星差點被卡車撞到的時候，救了他們的那個人!!

「早安。我是二班的導師佐藤。畢業前的這一年，要請大家多多指教。由於教理化的前田老師請產假，這位是今天才到這所國中代課的副班導鹿能大地老師。」

聽到介紹之後，那個人低頭向大家行禮，舉起左手用選手宣誓的姿勢說道。

「我是鹿能大地！來自北海道，因為參加青年海外協力隊的關係，直到上個月都待在尼泊爾。回到日本之後，覺得水實在是太好喝了，讓我非常感動。請大家多多指教！」

這麼有精神的自我介紹讓大家哄堂大笑，不過我卻嚇得僵住了。

那個人是老師啊……。而且還是我們班的副班導……。

咦？老師的西裝袖口露出白色的繃帶。……該不會是昨天受的傷吧!?

這時牆上的擴音器傳來開學典禮即將開始，請大家前往體育館的廣播。

教室一下子熱鬧起來。我慌慌張張的追上正要離開教室的鹿能老師。

「鹿、鹿能老師！」

「嗯？……啊!!」

老師站著不動，睜大雙眼指著我。

「妳是這個學校的學生啊！真是感人的重逢耶！」

「感人？啊、是的……。那個，昨天真的非常感謝您的幫忙。」

我察覺從我們身邊走過的眾人，對我們投以好奇的視線，不過我還是對老師鞠躬。

「不用道謝了啦。還好有幫上妳的忙！幫我跟妳弟弟跟狗狗問好～」

「是的。……呃，那個繃帶……。是昨天受的傷嗎？」

「咦？哦哦，沒什麼大不了的啦！是我自己不中用啦。別放在心上哦！」

老師露出一口白牙，哈哈哈的大笑著，揮揮手走出教室。

「咦？昴妳認識鹿能老師嗎？」

「什麼時候？在哪裡認識的呢？」

一邊走到體育館，我回答瞳她們珠連砲似的問題。

「什麼！他救了小銀和天狼星！好厲害哦，簡直就像是漫畫情節耶！」

像漫畫是嗎？我也是這麼想耶。他好像男主角哦。

今天發生太多事了，我的腦筋都快要轉不過來了……。

開學典禮就在發呆中結束，接下來的班會要選出各個幹部。

「先選出班長吧。有沒有志願或是推薦的人選呢？」

佐藤老師對著新班級大聲說道。

我一、二年級的時候一直都當班長，三年級的話想要嚐試當園遊會或是運動會等等好玩活動的幹部耶。

不過大家根本不顧我的意願，教室裡此起彼落的說道。

「我覺得星野很適合！」

「說到班長當然是昴了！」

在多數表決的結果之下，今年我又要接下班長的工作了。唉唉……。

鹿能老師很容易跟大家打成一片，因為個性的關係，一下子就受到大家的歡迎，大家開始稱他為「阿大」。

每到午休時間，天氣好的話，他一定會在操場上跟大家一起玩足球或棒球。

這時候的老師根本就像個男學生中的孩子王。

而且他竟然玩的比學生還認真，所以下午的課偶爾也會遲到，要讓我這個班長去提醒他。

「老師，上課請不要遲到哦！」

這時老師用拜土地公的姿勢對我說。

「班長，妳不要用這麼恐怖的表情說話啦～」

而且老師上課時總會離題。很不可思議的是最後都會繞回課本上。

「在尼泊爾所有幣值的鈔票後面，都印有尼泊爾的動物哦。今天來辨別這些動物的同伴吧！」

「尼泊爾的人說同時攝取肉類和牛奶時，會吃壞肚子。今天的營養午餐不太OK哦。好，今天就來聊消化吧～」

就像這種感覺，總覺得其他課程的五十分鐘好漫長，不過理化卻一下子就結束了。

「我最喜歡動物了，本來想當獸醫的。之所以會當老師，是因為對方是人的話，可以用語言溝通，比較輕鬆啊！」

老師又開玩笑了，惹得大家爆笑。

鹿能老師的理化教室，是由我們三年二班負責清掃。

這個星期輪到我們這一組打掃了。打開門之後，理化教室飄著陣陣咖啡的香氣。

「啊，要打掃了嗎？掃我這裡應該比其他地方更花時間吧？不好意思！」

「那就請老師保持乾淨吧！……真是的，裝咖啡的是燒杯吧？實驗用的……」
「嗯！對啊！拿來當杯子剛剛好嘛。可以量到 1ml 單位。要喝嗎？」
老師一點也不覺得做了壞事，笑著回答，我傻眼的嘆了一口氣。
同班的山本同學則笑著說。
「星野，妳怎麼能被這種事情嚇到。阿大就算襪子破了一個洞也照穿不誤耶！」
「咦！真不敢相信！」
「喂喂，班長，妳啊，別用那種眼神看我啊～！山本你也是，別對女生說啊！」
「有什麼關係！而且阿大你的白袍根本沒在洗吧！」
看著嘿嘿嘿的笑著抓頭的老師，我覺得好失望。
春假那一天，我還覺得他好帥，好像漫畫裡的男主角耶！

某天早上，瞳臉色不太好的來上學。
「瞳，妳是不是感冒了？有沒有哪裡不舒服呢？」
「沒關係啦。感冒只要靠意志力就能痊癒了！」

可是隨著時間經過，瞳的臉越來越紅，很明顯露出發燒的樣子。

就算我勸她去保健室，瞳就是不想服輸，只說她不想去，根本不肯聽我的話。

到了第四節課，鹿能老師走進教室，馬上就盯著瞳說。

「喂，石田。妳發燒了吧？」

老師直接走到瞳的座位，迅速的把手心貼在瞳的額頭上。

「差不多是38度。班長，帶她去保健室。石田，今天提早回家吧。」

這一連串的動作，跟總是嘻皮笑臉的老師簡直不像同一個人。

放學之後，正當我準備要去參加社團時，我被佐藤老師叫住了。

「星野。不好意思，請妳幫我做班級點名簿，明天交給我。」

「咦？明天嗎？」

「對。妳去年也是班長，應該知道怎麼做吧？妳的話一定馬上就能做好的。」

我還要參加管弦樂社的練習耶……雖然我心裡這麼想，不過說出口的還是一如往常的那句話。

「是的。我知道了。」

我就是每次都會乖乖聽話啊。

社團活動結束之後，我獨自待在空無一人的教室裡，拼命做著班級點名簿。

我從去年的班級點名簿裡找出二班同學的名字，再依照座號排好，寫在點名簿上。

這個動作要依各科目和性別等等好幾個種類分別做一次，所以很耗時間。肚子好餓哦……。

「嗨，班長！」

我嚇了一跳，回頭一看，發現鹿能老師從教室門口探頭。

「都這個時間了，妳一個人在幹嘛呢？」

「呃，佐藤老師要我在明天之前做好班級點名簿……」

「明天之前？那我也來幫忙吧！把男生的部分交給我。」

「咦，不用了，沒關係！」

老師無視於我的拒絕，一屁股坐在我隔壁的座位，開始製作男生的點名簿。

我和老師坐在一起，默默做著點名簿，聽到操場傳來棒球社的吆喝聲。

我瞄了隔壁的老師一眼，看到他垂著長長的睫毛，一臉正經，正在寫字的側臉。

老師平常都是呵呵笑著，沒想到他也有這種表情啊……。
「嗯？妳用好了啊？」
老師察覺到我的視線，突然看著我說道。
「呃，那個，還沒。對不起！」
「什麼嘛，班長。因為我長得很帥所以看呆了嗎？真是的～」
「你在說什麼啊！我是看到老師的白袍髒了，所以有點介意啊！」
「啊，這個嗎？這件白袍其實是我老爸的遺物。他是牧場的專屬獸醫，去年在工作中出了意外過世了……。後來我就一直穿著它哦！」
「這樣啊……」
「我老爸很壯，所以我穿起來太寬了。如果拿去洗的話，感覺好像會連老爸的回憶一起洗掉，所以我很久才洗一次。啊哈哈，的確很髒耶！」
老師移開他的視線笑著，不過我覺得他的側臉看起來有一點寂寞。
「那是很重要的衣服吧。不過我卻說它很髒。對不起……」
「……班長，妳人真好耶。」
現在老師的臉上並不是平常那種活潑的笑容，而是溫柔的微笑。

我突然覺得心跳加速，說不出話來。
老師把手撐在桌子上，兩手交握之後說道。
「不管是人類還是動物的生命，都不知道什麼時候會發生什麼事吧？所以我想要用全力享受人生，就算只是短時間和我相處的人們，我也希望他們能夠幸福！」
老師總是那麼有活力，原來還有這樣的理由啊……。
「會當老師也是因為這個理由。『教育』這個字眼啊，太深奧了，我也不太懂，不過我覺得沒有一個地方像學校這樣，可以和人們面對面，認真的交流，妳說對吧？」
「這樣啊……。老師說的沒錯。」
這時突然聽到喀鏘一聲巨響，我大聲尖叫。
這個瞬間，老師突然把我推開，覆在我身上。
我不知道發生了什麼事情。不過我只聽得到自己的心跳聲。
「班長！妳沒事吧？有沒有受傷？」
老師抓著我的手，讓我站起來，我這才察覺面對操場的玻璃窗破了。
「……是的，我沒事。」
「太好了。……好痛……」

「老師，你還好嗎？啊，流血了……！」
老師覆在我身上的時候，受到玻璃碎片波及，好像傷了手。
這時穿著制服的棒球隊員衝了進來。咦，是川崎同學！
「不好意思！我擊出的球把窗戶玻璃打破了……。咦，星野!?」
川崎同學看到飽受驚嚇的我，大聲叫著。
「星野，妳沒事吧？」
「嗯，老師保護了我……。可是老師的手被玻璃割傷了……」
「老師，對不起!!……不過星野沒事真是太好了……」
「喂，川崎，你們練習揮棒的時候不是會拉網子嗎？為什麼球還是會飛出來？」
老師提高了音量。我摒住氣息，盯著老師。
「雖然今天沒有事，等到有人受重傷就太遲了！別輕忽生命！」
「是的……我會注意……」
「別輕忽生命」。老師之前好像也說過同樣的話耶？……啊，是我們第一次見面那天。
因為自己父親的事情，老師很了解生命的重要與渺小。
所以他才會這麼生氣。

「我來收拾玻璃。」

總覺得沒辦法什麼事情都不做，我在想有沒有什麼自己能做的事，於是跑到放清潔工具的櫃子。

「班長，不用了，沒關係！點名簿明天再做就行了，今天先回去吧。我再幫妳跟佐藤老師說。這些我來收拾就好了。」

「可是……」

「沒關係！川崎也去跟社團的同學說明吧。明天一定要用網子哦！」

老師又用平常的溫柔口氣說著，川崎同學跟我在他的目送之下一起走出教室。

第二天早上。我還是很擔心老師的傷勢，比平常更早出門搭公車。

「好痛～～！」

車上非常擁擠，有人狠狠踩了我一腳，實在是太痛了，我忍不住叫出來。

公車突然緊急煞車，站立的乘客全都往前傾倒。

「對不起、對不起！妳沒事吧？」

聽到男人拼命道歉的聲音，我嚇了一跳，抬起頭來。

「老、老師！」

「班長？原來妳搭公車上學啊！我在倉木公園前面的公車站上車，妳呢？」

「我從潮見台。是老師的後兩站。……老師。昨天真的很感謝你。你手上的傷勢不要緊吧？」

「沒事，沒事！」

老師讓我看看他貼了ＯＫ繃的食指後笑了。

「我說妳啊，一直搖搖晃晃的，沒地方可以抓吧。妳就抓這裡吧！」

老師對我指了指自己的左手臂，我覺得很不好意思，於是低下頭。

「不用、不用了！我沒關係的！我一個人站得住。」

老師什麼都沒說，不過每當我搖搖晃晃，快要撞到別人的時候，他都會伸手幫我擋住。

「……不好意思。」

我小小聲的道歉，這還是我有生以來，第一次有別人保護我，覺得很不可思議。

不過我並不討厭這樣的行為，反而覺得有點心癢癢的，有點溫暖。

大世老師的特別講座⑦

交給我吧！
這裡要說明的是
力的作用！

請教大家
第1章裡
★ 的部分！

我擊出的球把窗戶玻璃打破了……。
（26頁）

力的作用是**①改變物體的形狀 ②改變物體的運動狀態 ③支撐物體**。

「擊球之後把窗戶玻璃打破了」是球在玻璃上施力，形成①的作用！

有人狠狠踩了我一腳，…我忍不住叫出來。
（28頁）

力的作用將隨力的作用面積而異。每單位面積（1 m²）所承受的作用力稱為**壓力**。我們可以用力的大小除以受力面積來求得壓力。順帶一提的是力的單位為**牛頓 (N)**，壓力的單位為**帕斯卡 (Pa)**。

$$壓力[Pa]=\frac{力[N]}{面積[m^2]}$$

當作用力相同時，面積越小，壓力越大。舉例來說，高跟鞋鞋跟部分的面積比較小，所以壓力會大於運動鞋。如果我穿的是高跟鞋，被踩到的班長一定會更痛吧！

公車突然緊急煞車，站立的乘客全都往前傾倒。

（28 頁）

物體沒有作用力的時候，或是作用的力量互相抵消時，靜止的物體將會持續靜止，運動中的物體則會以原本的速度持續進行**等速直線運動**（以一定速度直線前進的運動）。這個特性稱為慣性，這個定律稱為**慣性定律**。

當公車緊急煞車時，乘客會往前傾吧。這是因為慣性的關係，乘客還會持續移動。相反的，當公車急速前進時，乘客則會持續靜止，所以會往後倒哦。

Check! 老師的小測驗

Q.1 將彈簧拉長時，力會形成何種作用？

①改變物體的形狀　②改變物體的運動狀態

③支撐物體

Q.2 在 $3m^2$ 的平面施以 60N 的力，在該平面形成的壓力大小為幾Pa？

Q.3 當公車突然煞車時，乘客會往前傾，這是哪一種定律造成的現象？

①運動定律　②靜止定律　③慣性定律

答案　Q.1……①／Q.2……20Pa／Q.3……③

小昴的愛的天體觀測

「請將我心愛的獵人，化為星座吧！」

by 月之女神阿蒂米斯

這個專欄要介紹關於星座與星星的美麗故事。

在冬天的夜空裡，最顯眼的就是獵戶座了。因紅色的参宿四和藍白色的参宿七這兩個一等星與三連星之故，算是最容易找到的代表星座哦。

俄里翁（Orion，獵戶座）是多次在希臘神話中登場的巨人族獵人。他是一名出類拔萃的美男子，所以有不少愛情故事。

月亮與狩獵女神阿蒂米斯喜歡上俊美的俄里翁，正當兩人即將墜入情網時，阿蒂米斯的雙胞胎哥哥阿波羅出手破壞兩人的感情。因為俄里翁雖然力大無窮，卻是個粗暴的莽漢。阿蒂米斯被阿波羅所騙，拿起狩獵女神最擅長的弓箭，射死心愛的俄里翁。

阿蒂米斯得知自己受騙之後，她非常悲傷，懇求父親，也就是天神宙斯將俄里翁化為星座。一旦俄里翁化為獵戶座，每當月之女神的銀色馬車穿越天際時，隨時都能見到俄里翁了……。

每次看到月亮接近獵戶座的時候，我都會想起這個故事呢。

【第2章】班長今天的表情還不錯耶。

今年暑假，我總算開始過著准考生的生活了。

因為我要去補習班上暑假密集班，我們家也沒辦法像之前的暑假那樣，可以全家一起出去旅行了。雖然對銀河來說有一點可憐……。

川崎同學也在同一家補習班上密集班，不過川崎同學報名的是比較難考取的私立學校課程，我則是公立學校課程，結果也很少見面。

「夏天會舉辦廟會吧？也有煙火，還有返校日！只要有心想要見面的話，機會多得很啊！」

瞳說得很輕鬆，不過我沒辦法自己開口邀約。

每天回幾封閒聊的簡訊都用去我全副精力了。

「昴、銀河。我們出門了。」

「等我們回來應該很晚了，你們晚餐就叫外賣吧。姊姊，銀河就交給妳囉。」

暑假密集班前半階段結束後，第二天爸爸他們要去參加親戚的法事，一大早就出門了。

其實昨天夜裡，我接到川崎同學的簡訊，問「明天要不要一起去圖書館唸書？」

可是在那之前，媽媽已經請我照顧銀河了，我只能拒絕川崎同學。
唉。隔了這麼久，難得有機會見面耶……。
我覺得很不開心，正想從冷凍庫拿冰淇淋出來。
「姊姊！糟了！快點到院子來！」
「好吵哦……。幹嘛啦……？」
「天狼星牠的皮膚長了一顆一顆的東西，而且還很癢耶！」
「咦……？」
我慌忙衝進院子，跑到天狼星的旁邊，把牠抱起來。
仔細一看，發現牠全身皮膚都長滿一顆顆很像痘痘的東西，有些地方的毛還掉光了。
天狼星頻頻用後腳抓癢，銀河和我都快要哭出來了。
「好可憐哦……。姊姊，怎麼辦……」
我打電話聯絡爸爸他們，不過在法事期間都關機了，完全打不通。
「先帶牠去醫院吧！」
我馬上打開電腦，在網路上搜尋附近的動物醫院。
不過在中元節連假期間，每一家的電話都打不通，都是答錄機。

「銀河，怎麼辦？在中元節連假期間，可能沒辦法帶牠去醫院了……」

「咦！天狼星癢成這樣耶，好可憐哦！……對了，姊姊學校的老師呢？之前救過我和天狼星的那個理化老師啊，姊姊妳不是說他也是獸醫嗎？」

突然提到鹿能老師，讓我心跳加速。

「鹿能老師？話是沒錯啦……。可是現在是暑假耶……」

「他會去學校嗎？」

我回到自己的房間，找出結業典禮時拿到的暑假預定表，看了值班的那一欄。

我的心還是跳得很快。

「啊，鹿能老師今天早上值班耶。」

「那我們現在就去學校吧！」

在銀河的催促之下，我把天狼星放進外出用的籠子裡。

也許有機會和鹿能老師見面。

我換上最喜歡的上衣，總覺得有點不好意思。

走下公車之後，我們走進被陽光照亮的寧靜校園。

銀河第一次到國中，一直東張西望，靜不下來。

「姊姊，老師會在哪裡呢？」

「應該是理化教室吧……？」

我們橫越操場，走到種著茄子與蕃茄的菜園前面。

咦？有人蹲在地上。穿著那身髒兮兮的T恤和牛仔褲的背影……是鹿能老師！

不過他一個人唸唸有詞，不知道在說什麼。明明旁邊都沒有人耶……。

「鹿能老師！」

「……哦！班長。怎麼了？」

老師起身轉過來，他全身大汗。

他那久違的笑容，讓我覺得好放鬆。

「啊，弟弟也在啊！好久不見！」

「你好！」

「老師，你一個人在幹什麼呢？」

「哦……。我正在『青菜的（台語）』跟青菜說點話啊。啊，剛才那是笑點哦！」

我跟銀河想了一下，總算想通他在說什麼，忍不住笑了。

「跟青菜說話……。為什麼要做這種事呢？」

「為什麼？當然有原因啊！不管是誰，只要有人願意跟自己說話，都會覺得很開心啊。班長也是吧，有人理解自己，或是關心自己的事，就會覺得很有活力，會想好好加油吧？花啊、昆蟲啊、動物啊，也是一樣的啊！」

「這樣啊……？」

「沒錯。大家都一樣。這些青菜們也和我們一樣都要呼吸，才能活下去。」

是因為這個原因啊？鹿能老師不管是上課還是休息時間，都跟學生們講個不停。

「呀!!」

老師突然大叫一聲，從菜園裡跳出來。

我被他的大叫聲嚇了一跳，看向老師所指的方向，兩隻小貓從苦瓜的藤蔓之間探出頭來。

我看過這兩隻黑貓和花貓。牠們好像是住在學校後面社區的野貓。

「好可愛哦！」

銀河衝了過去，花貓湊到銀河身上磨蹭。

另一方面，老師蹲到距離五公尺遠的地方，害怕的看著這邊。

「老師，你怎麼了？」

「喂！不准帶過來哦！」
「……老師你，該不會怕貓吧？」
過了一秒，老師用不爭氣的表情輕輕點了一下頭。
「咦!?」
「怎麼會這樣？老師你不是想當獸醫嗎？」
「……小學的時候，朋友在我面前戲弄貓咪，結果被抓得很嚴重。實在是太可怕了，有一陣子我一直夢到當時的情景。後來就完全在我心裡留下陰影了。所以雖然我考到執照了，不過還是放棄當獸醫。除了貓之外我都沒問題的……」
銀河把貓抱到比較遠的地方，老師才露出放心的表情走回來，不好意思的說道。
老師給人的感覺明明是任何動物都可以放馬過來，沒想到竟然會怕小小的一隻貓！
我和銀河兩不由得笑得東倒西歪。
「喂，別笑啦！……對了，現在還是中元節連假，你們來學校做什麼呢？」
對了！我是來請老師救救天狼星的！
天狼星從籠子裡出來之後，又跟剛才一樣，拼命用後腳搔自己的身體。
「好乖好乖，好可憐哦。現在馬上幫你看一下。」

老師靠近之後，天狼星開心的搖搖尾巴。大概是還記得老師吧。
「這是膿皮症……。應該是黴菌從牠抓的部位跑進身體了。」
「馬上就能醫好嗎？」
「別擔心。馬上就能醫好了。你等一下，我去拿備用藥。」
老師把手放在快要哭出來的銀河頭上，盯著他的臉溫柔的說。
這個動作明明就不是對我做的，不過我覺得臉似乎紅起來了。

「這個這個。只要每天服用這個藥錠就行了。大概二、三天就能康復了。」
老師用單手迅速撬開天狼星的嘴，把從理化教室拿來的藥錠丟進牠的喉嚨深處之後，又快速把牠的嘴巴闔上。
「好了，今天吃這個份量就行了！」
「哦哦！好厲害！老師，你好帥哦！」
銀河一臉開心的說著，抓起老師的雙手甩來甩去。
銀河真是的，好像變成老師的小粉絲了。

「喂，老師，等一下跟我們一起去玩嘛！」

我懷疑我是不是聽錯了。

「等一下！你在說什麼啊，銀河！」

「我想跟老師一起去玩嘛！」

「不行！老師還在工作呢！」

結果老師啊哈哈的笑了，向銀河問道。

「你想去哪裡玩呢？」

「嗯，今天很熱，最好是涼快一點的地方！水族館好嗎？」

「好！走吧，去水族館！不過你要乖乖聽話，傍晚以前要回家哦！」

「太棒了！」

咦，不會吧!?

我總算打通媽媽的電話，跟她報告請鹿能老師幫天狼星看病的事情。

接下來我有點擔心的問媽媽，等一下可不可以跟老師一起帶銀河去水族館。

「那個…我自由研究想要認識水中生物。正好是個不錯的機會……」

為了不讓媽媽說不，我拼命的找藉口，連我都覺得自己很不可思議。

「我知道了。妳手上還有錢吧？注意不要讓銀河對老師做出失禮的事情哦！」

太好了！媽媽，謝謝妳！

接下來我跟老師討論一下，先帶天狼星回家，再跟老師約在離我家最近的公車站碰面。

老師在公車站等我們，也許是剛才在菜園流了不少汗，他已經換上白色的POLO衫。

水族館就在從這裡搭公車約十五分鐘車程的地方。

距離明明很近，但因為假日人潮擁擠，所以還沒有人帶我們來過，銀河偶爾都會吵著要去玩。

總是客滿的公車，在中元節這一天也空空盪盪的，冷氣很強，甚至還有點冷。

「我要坐在老師隔壁！老師，坐這裡吧！」

銀河拉著老師的手，坐在後面兩個人的座位上。

我獨自坐在他們兩人的後面，老師翹翹的頭髮就在眼前。

每當公車搖晃時，都能聞到柑橘的清爽香氣，我的心跳忍不住怦怦跳。

看來老師在理化教室的水槽洗頭的傳聞是真的。好香哦……。

「老師～，老師你叫什麼名字？」

「我叫大地哦。鹿能大地。」

「大家都怎麼叫你呢？」

「嗯～。還是『阿大』吧。姊姊學校的學生都這麼叫我哦！」

「所以是阿大老師囉！」

銀河真是的，臉皮也太厚了吧！不過看他天真無邪的叫著老師的名字，我有點羨慕耶。

「……阿大老師……嗎？」

我忍不住小小聲的呢喃。他應該沒聽到吧……。

因為中元節的關係，水族館的入口擠滿了人。

在我購買門票的時候，銀河緊緊黏著老師，一直不肯放開老師的手。

「呃……。老師，不好意思……」

「咦，什麼？」

「我弟弟這麼任性，還讓你帶我們到這裡……」

「這種小事不需要介意啊！我也好想來水族館！」

老師用力拍拍我的背後。……我的心跳又漏了一拍。

進入水族館之後，映入眼簾的是有許多黑鮪魚的巨大水族箱。

「哇啊！」

我跟銀河都被巨大黑鮪魚的迫力壓倒，大聲驚呼，老師笑著點點頭。

「黑鮪魚真的很厲害吧！每次看的時候，都覺得牠們的外形很完美耶！」

接下來我們就在老師的講解之下，慢慢逛水族館。

「給你們出個題目吧。鯊魚和鯨魚，哪一種比較接近人類？」

「咦？鯊魚和鯨魚不是同類嗎？」

「才不是同類呢。鯊魚跟黑鮪魚一樣，都是魚類。鯨魚跟海豚、虎鯨、人類一樣，都是哺乳類哦！」

「哦哦！有什麼不同呢？」

「魚類用鰓這個器官呼吸。讓水進入鰓裡，再攝取水裡的氧氣。相對的，哺乳類則是用肺呼吸。……嗯。對銀河還太難了嗎？」

「嗯～，不過我好像聽得懂！……感覺啦！」

「好棒，好棒！」

看著銀河和老師開心的笑容，我也覺得好開心。

「那這個呢？阿大……啊！」

呀！我受到銀河的影響，也叫成「阿大」了！

我覺得好丟臉，一直低著頭，頭上傳來老師溫柔的聲音。

「這麼叫沒關係啊。」

哇，他果然聽見了！

「叫我『阿大』就行啦。大家都是這樣叫我的。我的姓氏『鹿能』感覺很拘謹，所以我比較喜歡大家叫我的名字『大地』。」

「……那麼就，大……大地老師。」

「是的，班長！有什麼事呢？」

老師笑著盯著我瞧，我的臉越來越紅了。

後來我們又接連看了海豚、虎鯨和海狗的表演。

銀河堅持要坐在第一排看表演，每當巨大的虎鯨躍入水中時，就會揚起一陣水花。

看表演的時候，銀河跟我都開心的叫個不停！

老師故意被水淋濕跟著放聲大笑，看起來實在太好笑了，我笑得肚子好痛。

「好開心哦……」

表演結束之後，我不禁低聲說，說完之後我覺得老師一直盯著我看。

「原來班長也這麼興奮啊。妳在學校有夠恐怖的耶～。跟我老媽一樣嚴格！啊，『有夠』在我們老家那裡指的是『非常』的意思。」

雖然老師是用開玩笑的口氣說，我還是想起學校的事情，不自覺就脫口說出真心話了。

「如果我不正經一點的話……。在學校不能玩鬧啊……」

「妳在說什麼啊。班長一樣是學生啊，只要忠於自己的感情就行了！」

「咦……？」

「必須正經的是我們這些老師吧。『老師』有一個『老』字吧？其實也沒什麼了不起，只是比大家老一點，比你們早一步學到更多知識而已。就算經驗還不多，老師還是要幫助學生哦。……話說回來我一點也不正經啊！」

老師害羞的笑了。

「因為是學生，只要忠於自己的感情就行了？」……我從來沒想過這種事。

一直以來我都覺得「因為我是學生，所以在學校要乖乖的！」……。

遵照「傍晚之前回家」的約定，我們在五點左右離開水族館。

外面的天色還很亮，不過水族館的廣場被夏天傍晚特有的潮濕空氣包圍。

這時，我們看到煙火放到半邊染成粉紅色的天空中。

「啊，煙火！」

銀河大叫的同時，我們也聽見煙火「咚！」的巨響。

天色還這麼亮就在放煙火？啊！遠方的空地一直在施放煙火！

我看著施放的情況，突然想到一個問題。要不要問老師呢……？

「大地老師，為什麼我們不是在看到煙火綻放的同時聽見聲音呢？」

「這是因為光的速度和聲音的速度不同哦。聲音的速度慢了很多，所以我們要晚一點才會聽到聲音。打雷也是一樣的吧？」

「原來如此！對了，打雷也是先看到閃電才聽到聲音耶。」

「沒錯沒錯。不過這麼亮就在放煙火，好可惜哦。煙火還是在夜空裡才漂亮！」

「阿大老師，下次我們一起去看煙火吧！」
「好啊！」
「大地老師，真的可以嗎？」
我忍不住大聲問道，老師對我笑了一下之後說。
「班長要跟川崎，對吧？」
回家的路上，銀河非常高興的牽著大地老師的手。
相反的，老師剛剛說的話就像一根刺，刺進我的心裡。
大地老師知道我跟川崎同學的事情啊……。原來如此……。
雖然老師特地送我們回家，不過我沒辦法跟老師好好說話。
「老師，今天非常感謝您。銀河，跟老師道謝。」
「謝謝！」
「我也很開心。班長今天的表情還不錯耶。完全想不到是在班會時間皺著眉頭說：『男生！安靜一點！』的那個人。」
老師模仿我的口氣，我斜眼瞪了他一眼。討厭啦！
「不是啦，有時候當然必須這麼做！」

老師慌慌張張的改口，他又想了一下才說。

「可是我覺得像今天這麼自然也很好啊，說真的。這樣比較可愛哦。」

咦……？老師說我「可愛」……？

「下學期再見囉！」

老師背對著我們，用力揮手後回家。

「姊姊妳的臉好紅哦。」

等到看不見老師的背影之後，銀河抬頭看了我之後說道。

為了掩飾尷尬，我從包包裡拿出手機。

不會吧!?川崎同學從早上就傳了好幾封簡訊給我！我完全沒發現……！

第二學期開始了。久違的晨間通勤公車，還是一樣的擁擠。甚至連吊環都拉不到。

大地老師有沒有在車上呢？

我挺直上半身四處張望，公車在紅燈時緊急煞車，我的腳步踉蹌了一下。

要跌倒了！正當我這麼想的時候，有人用力抓住我的右手，把我拉住。

「……大地老師！」

「好危險哦。別逞強了，抓住這裡吧！」

老師對我伸出他抓住吊環，穿著短袖襯衫的右手臂。

我猶豫了一會兒，才聽話的輕輕抓住他的上臂。

老師身上洗髮精的香味搔動著我的鼻息。

大地老師的特別講座②

交給我吧！
這裡要說明的是
生物的呼吸！

請教大家
第2章裡
的部分！

這些青菜……
都要呼吸，才能活下去。
（38頁）

動物和植物都要不斷呼吸。呼吸的作用是利用氧氣分解養分，合成生存所需的能量。

$$養分 + 氧氣 \longrightarrow 二氧化碳 + 水$$

生存所需的能量

進行劇烈運動時，呼吸的次數會增加吧？這是因為我們需要許多能量才能運動肌肉，所以要攝取更多的氧氣。

鯊魚跟黑鮪魚一樣，都是魚類。
鯨魚…是哺乳類哦！
（44頁）

在水中生活的動物為了減低水的阻力，通常都是細長的流線型呢。儘管外型相似，鯊魚和黑鮪魚卻是**魚類**，鯨魚、虎鯨、海豚則跟人類一樣是**哺乳類**。分屬不同的族群。

至於魚類和哺乳類的不同，其中之一是呼吸的方式。魚類用鰓這個器官呼吸。讓水進入鰓之中，再攝取水中的氧氣。

相對的，鯨魚跟人類一樣都用**肺呼吸**。鯨魚明明在水底生活，卻是用肺呼吸？也許很多人都不相信，不過鯨魚是用相當於鼻子的噴氣孔呼吸空氣，再用肺呼吸。鯨魚噴水就是正在由噴氣孔吐氣。

這是因為光的速度和聲音的速度不同哦。…打雷也是一樣的吧？

（49 頁）

我們會先看到煙火，過一會兒才會聽到「咚～」的聲音。這是因為光的速度和聲音的速度不同。**光傳達的速度每秒約為30萬km，聲音傳達的速度約為每秒340m**。光速比音速快了約100萬倍。所以光能在瞬間傳達，聲音卻要過一段時間才會聽到。

用下列公式可以求得與聲音發出的地點（**音源**）之間的距離。

距離[m]=340[m/s]×聲音傳達所需的時間[s]

※s為秒。

打雷和煙火相同，要晚一點才能聽到聲音。如果看見閃電之後馬上聽見「轟隆轟隆」的雷聲，表示雷雲就在附近，要特別小心哦！

Check! 老師的小測驗

/3

Q.1 請問生物利用氧氣合成生存所需能量的作用稱為？

①光合作用　②呼吸　③消化

Q.2 請問海豚用哪個部位呼吸？

①鰓　②鰾　③肺

Q.3 看到煙火的3秒後才聽見聲音，請問與煙火的距離為？

答案　Q.1……②／Q.2……③／Q.3……1020m

小昴的愛的天體觀測

「為了明年的今日再相會，
我們認真的工作吧！」

by 牛郎與織女

說到7月7日的晚上，自然就會想到七夕吧。我跟銀河也會將願望寫在小紙條上，再掛到竹子上哦。七夕的牛郎與織女的故事，原本是中國的傳說哦。主角織女（織女星）是天琴座的一等星織女一。牛郎（牛郎星）則是天鷹座的一等星河鼓二。這兩顆星星和天鵝座的一等星天津四組成夏季大三角。

織女住在銀河的岸邊，每天都不停的織布。牛郎則住在銀河的對岸，每天都照顧牛隻。織女的父親，也就是掌管天庭的天帝，讓這兩個辛勤工作的人結婚。

自從結婚之後，兩個人卻不再工作，成天縱情玩樂。一開始天帝還睜一隻眼閉一隻眼，不過兩個人依然故我，於是天帝將兩個人拆散到銀河的兩岸。只要像過去一樣勤勞的工作，兩人只可以在7月7日的晚上見面。後來兩個人為了一年一度的相會，都努力的工作。

……話說回來，只有我覺得一年只能見一次面太嚴厲了嗎？

【第3章】坦白面對自己的心情吧。

到了十月，為了準備運動會，學校充滿了活力。
我們國中有許多運動能力優秀，甚至可以推甄上高中的人，每年的運動會都很熱鬧。
放學後，操場上每天都進行各種項目的練習。
運動萬能的川崎同學自然是紅白接力賽的選手。還是最後一棒。
今天也數度利用起跑器不斷練習起跑。
「川崎學長！加油～！」
幾位一年級的女孩一起為他高呼加油，馬上又尖叫著逃開了。
「喂，昴。川崎同學真的很受歡迎耶！」
我和瞳從三樓音樂教室的窗戶眺望著操場的情形。
每年管弦樂社都要在運動會時演奏入場進行曲。
雖然已經退社了，不過還是要參與運動會的演奏，今天是睽違多時的練習。
「這樣看啊，他果然特別突出，好帥耶。這也是當然的吧～」
「是嗎？」
「什麼『是嗎？』昴，他是妳的男朋友吧!?」
「……嗯，也對啦……」

暑假結束之後，我跟川崎同學的交往似乎不太一樣了。
這是我第一次跟男生交往，所以不太清楚，不過所謂的交往就是這種感覺嗎？
我以為應該會心跳加速，或是會有一股近乎心痛的無奈。
就像暑假的那一天，跟大地老師一起去水族館的時候……。

第二天放學後，三年級全體學生都要參加班級對抗的拔河比賽練習。
班導和副班導也會一起拉繩子，算是我們運動會的隱藏版特別比賽。
大地老師比任何人都還有活力的來到操場。
他穿的不是平常那件寬大的白袍，他把T袖的袖子挽到肩膀，還穿著短褲。
我忍不住一直偷偷瞄他，耳邊傳來女孩們的竊竊私語。
「討厭，阿大超帥的耶！」
「嗯，一開始我就覺得他是個型男，真的很帥耶！」
老師集大家的注目於一身，他站在我們班前面，稍微清了一下喉嚨。
「大家聽好了，拔河有所謂的必勝法。請大家讓拉的方向呈一直線。大家一起合力往相同的方向拉。只要用這一招我們二班一定會贏！」
「阿大，你怎麼比上課還認真!?感覺好像熱血老師哦！」
瞳取笑他，老師笑著回答。
「聽了可別嚇到哦！剛剛講的這個叫做『合力』，完全是基於理化定律的必勝法！」
眾人發出「哦哦」的讚嘆聲，老師今天真的好帥哦。
當我這麼想的時候。後面突然有人撞了我一下，我往前傾倒。
「哇……」
一定會跌倒。……可是等我回過神來，老師已經用單手把我抱住。
「小心點啊，班長。站得起來嗎？」
「是、可以……。謝，謝謝老師……」
「阿大，你對我的女朋友做什麼！」
隔壁班傳來川崎同學的聲音。
他看見了！
大家「咻～咻～」的吹口哨取笑我們，老師笑著放開我。
「好啦好啦。抱歉啦，川崎。」

我的心跳得好快，什麼話都說不出來，只能呆立於原地。
不是因為大家取笑我，也不是因為川崎同學說我是他的女朋友。
因為我覺得手臂和肩膀上，還一直留著大地老師摸過我的感覺。

拔河比賽的練習結束之後，則是啦啦隊的練習。
啦啦隊由各班運動能力優秀的男女同學組成，是運動會的看頭。
白組的啦啦隊長是川崎同學。
當女孩們跳著啦啦隊舞蹈時，男生則不斷後滾翻。
最後則是川崎同學的後空翻。因為太精彩了，操場上傳出哇啊的歡呼聲。
好帥哦。真不敢相信，這樣的男生竟然是我的男朋友……。
我不經意的轉頭看向啦啦隊的座位後方。
咦!?大地老師在練習用的墊子上學後滾翻和後空翻！
大家都在看啦啦隊，只有我回頭看著老師。
「奇怪了。理論上這麼做應該就行了……」

老師真是的，已經跳了好幾次，也跌了好幾次。跟剛才完全不一樣，遜斃了～。

「阿大，加油！」

「已經有年紀了，別勉強了啦！」

經過的學生們都笑呵呵的對他說，不過老師用天真的笑容回應。

老師夠了啦，真的好像小孩哦……。

啊！這次臉先著地了!!

「好痛！」

我不禁離開啦啦隊的座位，跑到老師身邊。

「老師，你還好嗎!?」

「一點也不好～。有點擦傷。班長，我要OK繃！」

老師一直坐著，一隻手壓住自己的額頭，另一隻手伸向我。

「我馬上去保健室拿。……你在幹嘛啊，真是的……」

「因為川崎的後空翻超帥的啊！我也想試試看嘛！」

「怎麼像個小孩子一樣……」

「班長不會想『難得的運動會要大玩一場』嗎？」

「是有點啦……。不過總不能所有的人都不受控制吧……。一定要有人保持冷靜。」

我想起二、三天前，班導佐藤老師對我說的話。

「運動會也許會有學生受傷，所以可以請星野從練習期間起就負責小護士的工作嗎？大家熱熱鬧鬧的時候，妳也不會玩得太瘋，這個工作交給妳我就放心了。」

每次這種角色都會輪到我頭上啊……。不過大地老師乾脆的說了。

「別在意這種事。難得的運動會，這樣太可惜了啦。好好玩吧。就像水族館的時候一樣！」

水族館的時候……？我認真的盯著老師看。

如果我也像那個時候一樣玩鬧，班上的同學可能會嚇到吧……。

「對了！在啦啦隊比賽開始之前，請每一班的班長信心喊話，妳覺得如何？我去拜託教體育的橫山老師！」

老師開心的說完，就朝向站在講台上的橫山老師小跑步衝過去。

「咦？老師！我又沒說我要做！還有OK繃呢!?」

大地老師比手劃腳的向橫山老師說明，又跑了回來。

「他說可以耶！簡單的介紹一下啦啦隊，也可以宣誓『啦啦隊比賽加油』之類啦，只要感覺充滿活力的都ＯＫ！」
額頭擦傷的老師用手指比了ＯＫ的手勢。
怎麼辦！沒想到會是用這樣的形式參加運動會，第一次好緊張哦。
不過只要喊幾聲就能體會啦啦隊的氣氛，也有一點點開心耶……。

第二天放學之後，三年級各班的班長馬上集合開會，討論啦啦隊比賽的事宜。
運動會的分隊為各年級的一、二班為白隊，三、四班為紅隊。
我跟一班的班長在一起討論要如何介紹啦啦隊與宣誓詞。
最後的結論還是決定要簡單一點。
「白隊啦啦隊，鈴木斗馬！野口雄星！佐佐木優！……」
先用這種方式依序叫啦啦隊成員的名字，再請他們答有。接下來再介紹
「以及白隊啦啦隊隊長，川崎力！」
同時請川崎同學後空翻，不知道好不好呢？最後則是
「由各個班級精挑細選出運動萬能的男生與女生，組成白隊啦啦隊。讓我們用華麗的演

出以及充滿活力的啦啦隊比賽，把紅隊打垮吧！」

由班長高喊完之後，再請全體啦啦隊成員擺出最帥的姿勢！嗯，這樣一定超帥的！

從那天起，我總是隨身攜帶寫小抄的便條紙，邊走邊練習。

某天早上，我在擁擠的公車裡小聲的練習，有人從後面戳戳我的肩膀。

「早安，班長！一早就這麼認真啊！」

「大地老師！……早安。這哪裡叫做認真啊？萬一說錯會很丟臉耶……」

「川崎是啦啦隊長嘛！妳也要好好表現哦！」

「……對……對啊！」

怎麼會這樣？聽到老師取笑川崎同學的事情，我怎麼覺得心裡有點苦澀……。

今天的放學後也有啦啦隊的練習。

都已經十月了，太陽還是跟夏天差不多，曬得皮膚有點刺痛，氣溫也超過三十度。

由於負責運動會的橫山老師今天要參加討論運動會相關事宜的教職員會議，改由大地老師看著大家練習。

老師還是一樣很愛開玩笑。
不過他還是每天都練習後滾翻，不知不覺間似乎已經學會了。
他還叫來旁邊的學生，得意的表演給他們看。
這時後方的啦啦隊座位區傳來一聲慘叫。
有人昏倒了！……咦!?是我們班的里奈！
我急著跑過去，里奈喘個不停，都已經翻白眼了。
大家圍在她身邊，不知道該怎麼辦，這時有個人衝進人牆裡。
是大地老師！
「喂，怎麼了!?」
老師蹲到里奈身邊，迅速確認她的情況，輕輕的把她抱起來。
我摒息看著這一切，老師突然轉到我的方向。
「現在就去保健室，班長，妳也一起來。有女孩子在比較方便。」
我心跳的好快，追在抱著里奈快步前進的老師後頭。
我們急忙來到保健室，卻沒看到保健室的老師。
「啊，對了，老師也跟橫山老師一起去開教職員會議了……」

星野
森

大地老師讓里奈躺在床上，從櫃子裡拿來一個紙袋。

然後迅速的套在里奈的鼻子和嘴巴上，撐著她的脖子說道。

「沒事的。慢慢呼吸……」

里奈聽從老師的話，呼氣吸氣，呼氣吸氣，在紙袋裡呼吸了好幾次。

「還好嗎？」

「是的……」

里奈總算是比較冷靜一點了，老師像在安撫里奈似的，摸摸她的頭。

「應該是過度換氣吧。可能還有輕微的中暑。……班長，用冷水把毛巾沾濕，敷在她的手跟腿上。」

「好。」

我將櫃子上的幾條薄毛巾打濕，冷敷里奈的手和腿。

大地老師好溫柔哦……對任何人都一樣。這是當然的，他是老師嘛。

期待已久的運動會當天，是一個晴朗的秋季藍天。

啦啦隊比賽是緊接在開幕儀式之後進行。

「接下來是紅隊、白隊，由各隊帶來的啦啦隊比賽！同時由各班班長帶來精采的演出！」

聽見擴音器播放的訊息之後，我的緊張與不安一口氣湧上來。

跑到操場中央的時候，視線正好跟站在布棚下方穿藍色運動服的大地老師對上。

（加．油．哦！）

老師用嘴型說著，做了一個小小的加油手勢。……我輕輕點了頭。

接下來我太專注了，完全不記得發生什麼事情。回過神之後，才發現自己已經喊完了。

總算結束了……。我鬆了一口氣，走回啦啦隊區，瞳衝了過來。

「昴，妳好帥哦！」

班上的同學也都聚集到我身邊。

「第一次看到小昴那麼有精神的喊話耶！」

「超顯眼的！能炒熱啦啦隊比賽的氣氛真是太好了！」

還好我有參與！我打從心裡這麼想。

都是大地老師提議的信心喊話。還有剛才小小的鼓勵……。

我想跟老師道謝。……於是我到布棚找老師。

還去了全校學生的加油區，擠滿家長的觀眾區，道具倉庫的體育館。

最後我決定繞到體育館後面看一下。
啊！那件藍色運動服！沒錯吧？
「大地老……」
我衝了過去，正想要叫老師的時候，發現老師旁邊還有別人。……咦？是女生？
「沒想到大地竟然當了老師，感覺好奇怪哦。」
「什麼嘛，是葉月妳說想來看的吧？」
兩個人好像很親暱。直呼對方「大地」和「葉月」。該不會是女朋友吧……？
我看不見女生的樣子。不過可以看見大地老師跟平常不太一樣的正經表情。
也對啦。有女朋友也是正常的吧。就算很孩子氣，老師還是成年人啊……。
我的心情變得很低落，跟剛才的滿足感完全相反，從體育館回到操場。
結果綁著白頭巾的川崎同學從另一頭跑了過來。
「星野，我一直在找妳。」
「呃……對不起……」
「妳在啦啦隊比賽喊的第一句，聲音很響亮嘛！因為星野很負責，還是會把自己的工作做得很完美耶，我覺得很佩服。……我還想是不是因為我是啦啦隊長，所以妳特別賣力呢？」

「啊、嗯……」

「不過結束之後妳為什麼沒有馬上來找我呢？我問二班的女生『星野呢？』她們說『去找阿大了』……。為什麼不是找我而是阿大呢……」

川崎同學低著頭，用硬擠出來的聲音說著。第一次看到這樣的川崎同學。

「對不起……」

我沒辦法找藉口。

因為啦啦隊比賽結束之後，我第一個想到的確實是大地老師的那張臉。

因為大地老師的「必勝法」，二班在拔河時贏得壓倒性的勝利。

壓軸的接力賽也是，最後一棒的川崎同學在終點前方超越紅隊的跑者獲得逆轉勝利。

最後白隊大幅領先，取得勝利，一陣狂歡之後，結束了運動會。

不過我卻因為跟大地老師在一起的女生，還有川崎同學的事，陷入沮喪之中。

全班整理完畢之後，由於我身為班長，所以要去巡視校園做最後的確認。

啊，有人忘記收輪胎了。明明交待他們要搬到體育倉庫的……。

我一邊嘆氣，把手放在綁輪胎的兩條繩子上。

「辛苦了，班長。」

是大地老師！對了，還沒跟老師道謝！

「妳的信心喊話超厲害的耶！大聲叫出來之後，覺得很舒服吧？」

「是的。我很開心。……謝謝。」

「對吧？人類就是要不斷的挑戰！老是說『我不是那種型的人。』或是『為了大家好，我要好好振作！』的話，一轉眼就變成老太婆囉！」

「是的……」

「……怎麼啦？明明說自己很開心，怎麼沒什麼精神呢？」

「不、沒什麼……」

「累了嗎？好吧，快點收拾。喂，我拉這一條繩子，班長拉另外一條吧！好了嗎？一、二、三！」

我配合老師的指示，用力拉另一條繩子。

「咦？根本拉不動耶……」

「妳靠過來一點。」

由左右兩邊拉起一個重物時，如果拉的兩個人距離比較近，比較不用施力。」

老師拉著我的手臂，把我拉到快要跟老師貼在一起的地方，我再次拉繩子，真的把輪胎拉起來了。

不過我更驚訝的是我的心跳得好快，心臟好像快要跳出來了。

「好！快點收拾吧！」

全部收拾完畢之後，我走出大門，天已經快黑了。

瞳還要上補習班，所以她匆忙趕回家了，我一個人走在前往公車站的路上。

後來我完全沒機會跟川崎同學講到話，一天就結束了。

我想起今天表現優異的川崎同學，他那張沒有人知道的悲傷臉孔。

我對川崎同學到底是怎麼想的呢？

這時，我發現有人在站牌那邊跟我揮手。

「喂～！班長！」

沒有錯……。我喜歡的是……。

「公車好像才剛開走耶。真倒楣。算了，坐著等吧！」

我跟老師一起坐在長椅上，他沒有察覺我的心情，滿臉微笑的說著。

「運動會真棒耶！還好我當了老師！」

「……可是老師大學畢業之後沒有馬上當老師吧？為什麼呢？」

「因為我從小就立志一定要參加青年海外協力隊啊！」

「青年海外協力隊要做什麼事情呢？」

「只是到各個國家當志工啊。如果有工作的話，就不能休長假出國了吧？」

「對啊。」

「我也有考取獸醫執照，覺得我應該可以做這份工作。還有人要我留在大學繼續研究，當時可是煩惱了很久呢！」

「可是大地老師去尼泊爾的事情非常有趣。好像很開心呢。」

「嗯！在當地還是有豐富的收穫。剛開始我只是抱著『想出一份力』的心情出發，和當地的孩子跟動物在一起哭泣、歡笑，結果我覺得反而是我得到比較多的東西啊。」

老師以回憶的目光幸福的笑了。

我想不管是在尼泊爾還是任何地方，老師都是充滿活力，可以立刻跟大家打成一片，一定非常耀眼吧……。
「班長也是啊，有什麼想做的事，就盡量放手去做吧。每個人都有他的使命嘛。坦白面對自己的心情吧，我覺得結果一定會對自己有益。」
「使命……嗎？」
「嗯。雖然為了別人而活也不錯啦，不過做自己喜歡的事，還能讓別人幸福，這才是最棒的吧？」
……為什麼老師的話總能深深的打動我呢？我好想一直聽下去哦。
不過這時，從老師肩膀後方，看到公車在昏暗的天色中開過來了。
「哦，來了。」
老師從長椅上站起來，我們兩人的長影子看起來就像靠在一起，互相依偎。
我竟然會為了這種事情，感到一陣無來由的無奈，我也覺得很迷惘。

大地老師的特別講座③

交給我吧！
這裡要說明的是
力的合成！
請教大家
第3章裡
的部分！

利用起跑器不斷練習起跑。

（56頁）

短跑起步時，當人的腳壓在起跑器上的時候，腳會受到起跑器的力量，即可起跑。這叫做**作用與反作用定律**。也就是說，施力的時候（作用），一定會承受相等大小的力量（反作用）。

反作用
作用

拔河有所謂的必勝法。…一定會贏！

（58頁）

力是可以合成的。合在一起的力稱為**合力**。舉個例子，用兩個力量來想吧，在一直線上，同一方向的兩個力的合力大小為兩力的總合，方向與兩力相同。

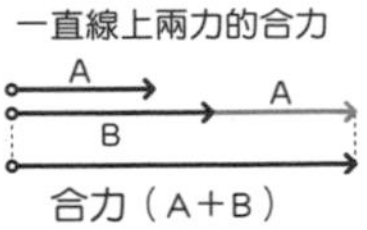

一直線上兩力的合力
A
A
B
合力（A＋B）

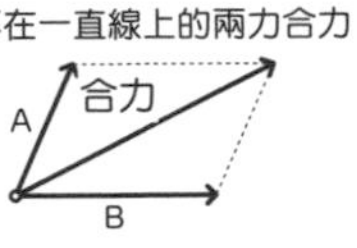

不在一直線上的兩力合力
A
合力
B

兩力不在同一直線上的合力，則以兩力作為兩邊的平行四邊形之對角線來表示。即使兩力相同，兩力之間的角度越小時，合力越大，當兩力的**角度為0°（在一直線上的同一方向）時，合力最大**。所以只要所有人都往同一方向拉繩子，就可以得到最大的力。這就是所謂的必勝法！

由左右兩邊拉起一個重物時…比較不用施力。

（71頁）

跟合力相反，也可以將原本施於物體上的力量分為兩個力。分開的兩個力為原本那個力的**分力**。

欲求得分力時，原本那個力為平行四邊形的對角線，**平行四邊形的兩邊各為分力**。跟求合力的方法正好相反哦。

基於這個概念，兩個人提重物的話，距離越近時，施力越小，大家懂了嗎？

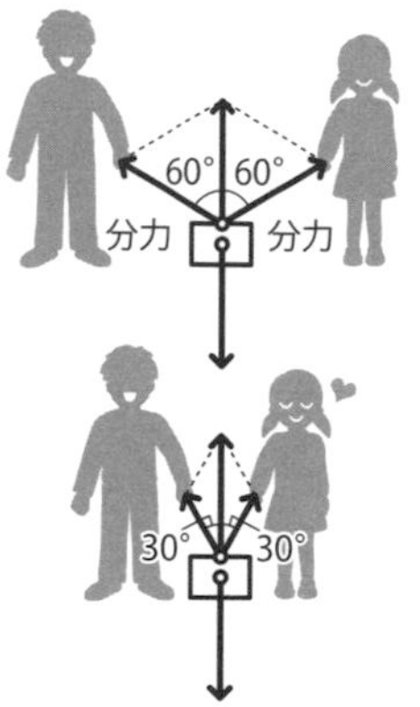

Check! 老師的小測驗

/3

Q.1 在其他物體施力時，一定會受到物體同等大小的力，這個定律稱為？

①作用與反作用定律　②平衡定律　③慣性定律

Q.2 合力最大時，兩力之間的角度應為？

①0°　②90°　③180°

Q.3 求得分力時，應該畫出什麼圖形呢？

①三角形　②平行四邊形　③圓形

答案　Q.1……①／Q.2……①／Q.3……②

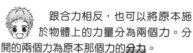

小昂的愛的天體觀測

「為了丈夫的勝利，失去秀髮也再所不惜。」

by 埃及王妃貝蕾妮珂

這次來看看「后髮座」這個春天的星座吧。

西元前的埃及國王尤格狄斯，他的王妃貝蕾妮珂有著一頭美麗的秀髮。

尤格狄斯王率領埃及大軍攻打亞述，一場苦戰之後失敗，國王被敵人逮捕了。貝蕾妮珂聽到消息之後，前往愛與美的女神維納斯神殿，祈求國王平安無事，並立下這個誓言。「如果我的丈夫贏得勝利，我將獻上自己的秀髮。」

後來國王從敵人的手上逃出，與埃及大軍獲得勝利。貝蕾妮珂王妃於是高高興興的剪下自己美麗的琥珀色（帶褐色的金色）秀髮，獻給神殿。

國王回國之後，與貝蕾妮珂再度重逢，在開心之餘，看到她剪短頭髮的模樣，還是難掩驚訝之情。在得知理由之後，他才知道王妃對自己的愛有多深，更加寵愛王妃了。

天神宙斯為了祝福貝蕾妮珂王妃溫柔的心地與美麗的秀髮，用獻給維納斯神殿的頭髮裝飾天空。貝蕾妮珂的秀髮也就成了「后髮座」。

【第4章】加油吧！妳一定辦得到！

「大家知道什麼是『遺傳』嗎？『遺傳』就是父母將性狀傳給小孩。」
第五節是理化課。大地老師在黑板上畫圖，熱切的說明染色體。
大家也一臉認真的聽老師講課。
結束了管弦樂社的告別演奏會之後，我們三年級學生終於成了貨真價實的准考生。
每星期有三天要上補習班，如果再加上自習的話，幾乎每天都要去報到。
最近和瞳之間的話題，也從原本的『Pichilemon』（註：流行雜誌）變成參考書和模擬考了。
還覺得不久之前才剛進國中呢，居然已經快要畢業了，真不敢相信。
畢業之後，自然再也見不到大地老師了。好難過哦……。
「阿大，遺傳指的是父母傳給兒子吧？那麼像小昴和川崎同學這樣認真負責『志趣相投的夫妻』，跟遺傳有沒有關係呢？」
坐在講桌前方的奈緒，突然問老師問題，我嚇了一跳。
奈緒最近公開宣稱她是老師的粉絲，上理化課的時候還會特地換到最前面的座位。
大家頻頻吹著口哨，大家的視線都落到我身上。
「這還有說嗎？志趣相投的夫妻當然跟遺傳無關啊！別說傻話了！」

老師沒發現我滿臉通紅，笑著撥亂奈緒的頭髮。

「討厭啦，阿大！」

嘴巴上這麼說，奈緒卻笑得非常高興。

我真的很討厭別人拿我和川崎同學來當話題。而且還是在老師面前。

……可是就算別人說川崎同學跟我是『志趣相投的夫妻』，老師也無所謂吧。

從補習班回家的途中，我在公車上盯著英語單字本，呆呆坐著。

書包裡切成靜音模式的手機傳來簡訊的通知。

晚上七點。川崎同學每到這個時間都會傳簡訊給我。

不過我一點也不想看他的簡訊。

最近，我越來越常這樣，不回川崎同學簡訊了……。

過了不久有兩個像高中生的女生，搭乘這班公車，站在我前面。

「……絕對是分手比較好吧！」

「是啊。不過他很溫柔，在一起也很開心耶？」
看來，她們在聊男朋友的事情……。我不覺豎起耳朵。
「可是沒有心跳的感覺吧？喜歡的話，應該會一直想著他的事情，只要收到簡訊，就有一種胸口一緊的感覺，沒有的話很奇怪吧？」
……這樣啊。果然如此嗎……。
「也是啦，之前只要看到他和其他的女生說話，我就會覺得很討厭耶……。現在看到他跟學妹在一起打打鬧鬧，我也沒感覺了耶！」
我想起今天的理化課。
大地老師和奈緒的互動。老師還撥亂她的頭髮……。
比起川崎同學，我現在心裡想的是……。讓我胸口一緊的是……。
「大地老師……」
我不禁脫口而出，連我自己都嚇了一跳。
正在說話的女高中生突然沈默下來，看著我。
我覺得很丟臉，就在下一站下車了。

我朝家裡的方向走去。
不過腦海中的思緒一片混亂，我不想直接回家。
我決定繞遠路，經過常帶天狼星去散步的公園。
對了。第一次見到大地老師時，就是在公園前面的十字路口……。
走進公園之後，左邊有一排長椅，右邊則是寵物運動區。
再往前走則是「親密接觸專區」，可以抱抱小動物，銀河最喜歡這裡了。
路燈已經亮起，公園的長椅上坐著一對對幸福的成年情侶們。
我覺得有點尷尬，正想快步通過。
這時我的眼光突然離不開坐在幾公尺遠處長椅上的兩個人。
是大地老師和運動會時看到的那個女生……！
我下意識的立刻躲進旁邊一棵很大的櫸樹後方。
隔著樹幹，可以看到兩個人的背影，聽見他們的說話聲。
「……大地，你再重新考慮一下嘛……」
「不管妳問幾次，我的回答都是一樣的，葉月。」

「大地唸研究所的時候，在學會發表的生物科技論文，不是受到國外學者的高度評價嗎？深入研究這個主題，未來一定會派上用場，教授們也很希望大地回到大學繼續研究。」

「我覺得很榮幸。不過我現在當國中老師也很開心啊。」

……咦？怎麼覺得氣氛好嚴肅……？

「我都說到這個地步了，還是不行嗎？……我求你也不行嗎？」

女生突然用撒嬌的語氣說著，我的心跟著怦怦跳。

「……我的回答不會改變。」

老師低聲作答，葉月小姐則提高音調。

「反正大地一點也不在乎我說了什麼吧!?你覺得無所謂吧!?」

「怎麼會。沒那回事啦……」

「那你說，那條項鍊怎麼了？我給你的那條隕石項鍊，最近你根本沒戴嘛？」

「那個啊，抱歉。春天剛搬家的時候，不知道掉到哪裡去了。」

「掉了？好過份哦！」

隕石……？項鍊……？

該不會是第一天遇見老師的時候，銀河撿到的那個銀色，形狀很奇怪的石頭吧……？

「聽我說……我跟妳選擇的路不一樣。如果其中一個人為了要配合對方的思考，不得不改變自己相信的道路，那就是對自己說謊。我覺得我走我自己的路，妳走妳自己的路，才是最好的選擇。」

在瞬間的沈默之後，我聽到女生呼的嘆了一口氣。

「……這樣啊。也對啦。我們已經結束了吧……」

「妳怎麼會這麼想呢？就算走的路不一樣，只要我們朝著同樣的方向，還是可以攜手共度人生啊。我現在還是很喜歡葉月。所以我希望妳以自己的姿態發光發熱。」

我喜歡葉月哦。……這句話刺進我的胸口。

「我不知道啦……。我想跟大地走同一條路。我覺得大地是一個非常優秀的研究人才，比起老師這種枯燥的工作，研究人員更適合大地。為什麼你偏偏……」

「我從來都不覺得老師是枯燥的工作！」

老師打斷葉月小姐的話，斬釘截鐵的說道。

「問題不是在這裡吧？你從尼泊爾回來之後，這次則是國中老師……。我累了，不想再被大地要得團團轉了……」

語畢，葉月小姐突然站起來，背對著老師快步走向出口。

老師沒有追上去，獨自坐在長椅盯著自己的腳邊。

怎麼辦……。我竟然偷聽這些話，我好差勁哦……。

老師一直坐著不動，所以我也不敢移動。

我想要稍微動一下腳，結果失去平衡了。要、要跌倒了！

「呀……」

「咦!?班長!?」

老師坐在長椅上回頭看見了我。怎、怎麼辦!?

「呃，大地老師……。那個……晚安……」

「班長，難不成剛才的妳都聽到了……？」

「……對不起！我路過的時候看到老師……呃，我只聽到一點點……」

「不會吧!?糗爆了！」

老師大叫著，雙手抱住頭部。

「糗爆了？」

「不好意思，糗爆了就是『我很遜』！哇啊，慘了！」
「對不起！真的……。啊、對了！我一直忘記跟老師說了……」
我轉移話題，慌忙的在自己的書包翻找。
從小包包裡拿出銀色的石頭，遞到老師眼前。
「這個……。是老師的……對吧？」
老師睜大眼睛，伸出右手接過我的石頭。
「第一次見面的時候……。老師救了銀河和天狼星，應該是那時掉的。」
「這樣啊，原來是那個時候掉的……」
「是那個人……。是老師的女朋友……給你的嗎？」
「嗯……」
老師極為自然的接受「女朋友」這個字眼，我覺得胸口一緊。
不過老師不知怎的一直很沮喪，一點也不像平常那個活潑的老師。
也是啦。女朋友發了那麼大的脾氣離開了，這也是很正常的吧……。
沈默了半晌，老師靜靜的說了起來。

「這個啊，是我在大學認識葉月，開始交往之後，那傢伙送我的禮物。是用真正的隕石製成的項鍊。她當時說『大地就像是掉到我身邊的隕石。』」

老師回憶起當時，噗哧一笑。

不過他的笑容看起來有點落寞。

「可是現在對那傢伙來說，像我這樣的隕石是不行的……。她想要的大概是像太陽一樣，抬頭看的時候隨時都在她身邊的存在吧。這樣一來，我們果然很難在一起了吧。」

老師像在自言自語，小小聲的呢喃。

這時，我該說什麼才好呢？

我一直站在長椅旁邊，看著低頭的老師。

在一陣尷尬的沈默之後，老師突然抬頭看我。

「我在對學生說什麼啊？……走吧，已經很晚了，回去吧。妳的家人會擔心哦。」

老師又露出平常的笑容。

看到這張臉之後，我不知怎的，眼淚突然掉下來。

「怎、怎麼了？班長？我說了什麼不該說的話嗎？」

「對不起……。不過看到大地老師寂寞的樣子，我好難過……。老師好像隕石……真的不知道會飛到哪裡去……可是這樣有什麼不行嗎……。老師總能讓我找到活力……。所以請你不要說這種話……」

最後幾句幾乎都帶著哭腔，可能聽不清楚吧。

老師溫柔的輕拍我正在啜泣的頭。

「謝啦。班長。」

我只能不停的點頭。

放學後，我在教室裡收拾東西準備回家，瞳走到我身旁，笑著指指教室門口。

「川崎同學……」

「今天不用補習吧？我們一起回家吧。」

我跟在川崎同學後面離開學校。

雖然說是一起回家，因為我搭公車上下學，所以只能到學校附近的公園繞一下。

我們併肩走在染上秋天色彩的公園池塘邊。

從棒球社退社之後，可能變胖了吧，聊完這個話題之後，川崎同學開了口。

「我說啊，星野妳有沒有認真唸書呢？」

「嗯，好歹也是個考生嘛……。怎麼了？」

「因為妳很少回我簡訊嘛。我覺得很消沈耶。妳沒發現嗎？」

「啊、抱歉……。嗯。因為我的成績一直都沒有進步……。我想川崎同學也很認真唸書，所以不要太常傳簡訊比較好。」

「這樣啊。也是啦。我還是想考山手高中，所以唸得很認真哦！」

山手高中是超難錄取的昇學高中。以前就聽說這是川崎同學的第一志願。

「進了山手高中之後，我要繼續打棒球，還要好好唸書，進入一流的大學，再到一流的公司上班。然後啊……」

川崎同學突然直盯著我的臉瞧。

「照顧老婆和小孩，就是我的夢想！」

「這樣啊……」

我點著頭，心裡卻覺得怪怪的，川崎同學直盯著我的眼睛。

「妳懂嗎？我說的老婆，就是星野哦？」

「咦……」

看著有點害羞，又有點開心的川崎同學，我捫心自問。

我將來想成為川崎同學夢想的一部分嗎？不，我不想……。

「我還不知道自己的夢想是什麼。可是我希望總有一天我也能跟川崎同學一樣，找到自己的夢想……」

「咦？什麼意思？我……」

「大地老師說過『每個人都有自己的使命』……」

話才說到一半，川崎同學突然用力把我抓到他的身邊。

我下意識的推開想要抱住我的川崎同學。

「啊……。對、對不起，川崎同學……」

「為什麼這時候要提到阿大呢！」

「咦？」

「星野對我有什麼看法呢？妳討厭我嗎？」

我不討厭啊……。可是……。

我快要哭出來了，於是推開川崎同學，跑向公車站的方向。

對不起，川崎同學。對不起……。

我拼命跑到公車站，正好有一台公車停在那裡。

我急忙衝上公車的階梯，同時門咻的一聲關上了。

我的心臟跳得好快，好難過。

公車往前行駛。先坐下來吧……。

我環顧四周，看到大地老師坐在最後面。

視線對上的瞬間，老師笑著舉手，我的眼淚快要掉下來了。

「哦，班長，滑壘成功了。來這裡坐吧。」

老師指著自己隔壁的座位。

我搖搖晃晃的走到公車最後方，坐在老師隔壁。

「……妳沒事吧？」

我一直低著頭，輕輕了點一下頭，不想看老師的臉。老師什麼都沒問。

公車安靜的搖晃，遠方已經可以看見公園了。
我按下下車鈴，公車緩緩的停下來。
「先走了……」
我對老師點頭致意，站起來走向出口。
「啊、對了！對了！今天我要在這一站下車！」
我聽到老師的大叫而回頭，老師追在我的身後。
看到老師下車，我嚇得說不出話來，老師對我說。
「班長，現在有空嗎？要不要去『親密接觸專區』？」
「咦？」
「我今天好想好想跟小兔子玩哦，要不要一起去？」
我忍不住爆笑出聲。跟小兔子玩耍的大人，好好笑哦！
我笑著點頭，老師非常開心的說道。
「太好了！班長笑了！」

即將關園的「親密接觸專區」，只有兩對母子檔。

大地老師先走進去，抱來一隻灰毛的小兔子，回到我的身邊。

「班長，妳看。這傢伙的鼻子，仔細看哦？」

蠕動蠕動蠕動……一直動個不停。

好可愛。突然覺得好輕鬆哦……。

「很可愛吧？兔子好療癒耶～。看一下牠的眼睛。兔子的臉即使朝向前方，也可以看到正後方哦！」

老師把兔子抱起來，貼近到彼此鼻子快要碰到的距離，一直盯著牠的臉。

「我啊，只要這樣一直看著對方的眼睛，就覺得好像可以理解牠在想什麼耶。不管是動物還是人類都一樣。」

「這樣啊……」

「嗯。不過能不能接受對方的心情，又是另一回事了。有時候就算明白，也沒辦法幫上忙……」

沒錯。我沒有辦法接受川崎同學的心意。

我忍不住蹲下來，遮著臉哭了起來。
看到我這樣子，老師有點介意旁邊的母子，慌張的說道。
「喂……，班長，妳不要緊吧？我們去那邊吧。好嗎？」
擴音器播出通知關園的音樂。
老師拉著我的手，快步走向「親密接觸專區」的出口。

就在之前大地老師和葉月小姐坐的那張長椅上，我對老師說出自己對川崎同學的心意。
剛才差一點被川崎同學抱住的事情，自然沒有說出口……。
老師時而點頭，不過完全沒插嘴，一直聽我說完。
「大地老師之前說過要『坦白面對自己的心情』，對吧？」
「嗯。」
「我只是被帥氣的川崎同學告白，迷迷糊糊的就答應跟他交往了……。不過我很清楚我無法回應川崎同學的心意……。如果不老實說出來的話，對川崎同學很失禮吧。」
「是啊……」

老師在我旁邊「嗯～」的一聲伸懶腰。
「如果我是妳的話，我也會這樣想哦。如果想對對方誠實的話。」
「是的……」
「加油吧，班長！妳一定辦得到！」
老師露出微笑，像上次一樣溫柔的輕拍著我的頭。
「雖然川崎是個好人啊。就我看來他也很帥氣，喜歡上班長這一點，也讓我覺得『真有你的！』……」
「咦？」
「嗯？沒什麼啦！」
我終於下定決心了。明天就告訴川崎同學，我「真正的心意」吧。

大地老師的特別講座④

交給我吧！
這裡要說明的是
遺傳！
請教大家
第4章裡
的部分！

大家知道什麼是『遺傳』嗎？

（78頁）

眼睛是雙眼皮，或是身高有多高等，雙親將身體特徵上的外型與特性傳給孩子，就是**遺傳**。

構成人體的細胞(**體細胞**)中，有兩個一組的**基因**。當女性的卵子與男性的精子組成繁衍後代的細胞(**生殖細胞**)時，兩個基因會一分為二。**卵子**與**精子**受精後，再度成為孩子兩個一組的基因。也就是說，**孩子的基因有一半來自母親，一半來自父親。**

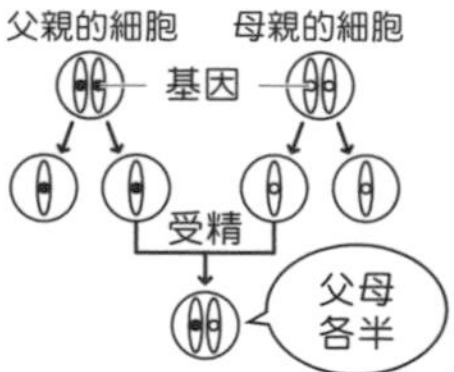
父親的細胞
母親的細胞
基因
受精
父母
各半

大地唸研究所的時候，在學會發表的生物科技論文，

（82頁）

所謂的生物科技，就是將生物各種作用運用在生活中的技術，活用細胞的種種研究。來說明一下細胞吧！

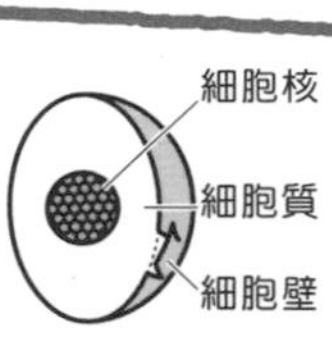
細胞核
細胞質
細胞壁

細胞是一個組成生物身體的微小房間，**人體約由60兆個細胞構成。**人類的細胞構造由一個**細胞核**，細胞核周邊的**細胞質**，以及包覆細胞質的**細胞壁**組成。

細胞核具調節細胞整體作用的部分，也可以說是生命活動的中心哦。

兔子的臉即使朝向前方也可以看到正後方哦。

（93 頁）

像兔子這種食用草類維生的**草食動物**，眼睛的構造跟獅子那類靠吃其他動物維生的**肉食動物**不一樣。

草食動物為了躲避敵人，眼睛長在臉的側面，才能環顧較大的範圍。另一方面，肉食動物的眼睛則是長在臉的正面，可以看得更立體，正確掌握距離。也就是說，對於獵捕時比較有利。

兔子

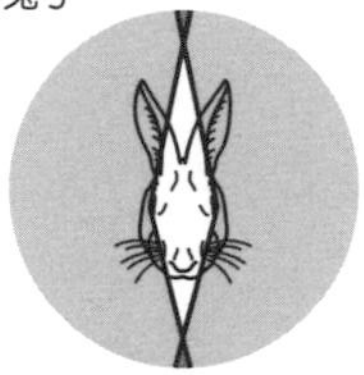

獅子

看起來比較立體的範圍

Check! 老師的小測驗

/3

Q.1 孩子是如何接受父母的基因呢？

①完全來自母親　②完全來自父親　③父母親各半

Q.2 細胞當中負責調節細胞作用的是？

①細胞核　②細胞質　③細胞壁

Q.3 下列何者的眼睛長在臉的側面？

①草食動物　②肉食動物

答案　1.……③／Q.2……①／Q.3……①

小昴的愛的天體觀測

「謝謝你救了我。」

by 衣索比亞的安德羅美達公主

秋天的夜空可以看到許多跟古代衣索比亞皇室神話有關的星座哦。以下這個傳說跟仙女座、英仙座、仙后座有關。

卡西奧佩婭皇后一直以自己與女兒安德羅美達的美貌為傲。有一天卡西奧佩婭竟然和海神波塞頓的孫女們比較，說「我們比較漂亮」，因而觸怒了波塞頓。

為了鎮靜大海的波濤，必須將安德羅美達公主獻給海怪提亞馬特當祭品。安德羅美達雙手被鎖在海邊的大石頭上，不停的哭叫……。提亞馬特就在她的身邊。

這時，英雄柏修斯騎乘長著翅膀的天馬派格薩斯，從天而降。他打倒梅杜莎，在回家的途中看到安德羅美達。梅杜莎是一個蛇髮妖怪，會讓看到她眼睛的人化為石像。柏修斯拿著帶回來的梅杜莎首級，讓提亞馬特變成石像，拯救困境中的安德羅美達。

安德羅美達的美貌以及善良的心地深深吸引了柏修斯，於是柏修斯跟她結婚，兩個生下許多的後代。真是一個好故事。

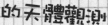

【第5章】
不是班長，而是昴。對吧？

我無法接受川崎同學的心意。我想將這件事好好告訴川崎同學。

雖然心裡這麼想，但是過了好幾天，我還是說不出口。

自從在公園分開的那一天以後，我再也沒收到每天固定都會傳來的簡訊了。

川崎同學一定是在等我開口吧。

不過如果我告訴他我「真正的心意」，川崎同學應該會大受打擊吧。

「為什麼現在還要說這種話？既然這樣一開始為什麼要跟我交往呢？」他一定會這麼想吧……。

一想到這裡，就算在學校遇見，我總會不自覺的移開視線。

這樣子是不行的。儘管我心裡明白，不過日子一天天的過去了。

「加油吧，班長！妳一定辦得到！」

大地老師說完之後推推我的背，他的笑容幾次浮現在我的腦海當中，然後消逝。

第五節是大地老師的理化課。

我沒辦法向川崎同學好好說明自己真正的心意，到了理化課，我卻又十分雀躍。

我好任性啊……。
一看到大地老師比手劃腳，拼命說明的模樣，我又會覺得胸口漲得好滿。
把老師寫在黑板上的字抄到筆記本時，我覺得它們就像是老師的一部分，我認真的抄寫，生怕遺漏任何一個字。
就連畫得不太好看的圖，只要想到這是老師畫的，我的嘴角都會上揚。
我對川崎同學就不曾有過這種心情……。
「太陽早上從東方昇起，經過南方的天空，再落到西方。實際上並沒有移動，不過看起來卻像在動哦。」
下星期的校外教學，我們要去天象館。
接下來還要交一份天體的報告，大家都很認真的聽課。
「這個是太陽的……什麼呢？」
老師轉過頭，把手舉起來問我們。
「日周運動！」
回答的是大地老師的粉絲奈緒。她還是一樣坐在最前面的座位。
「答對了。那麼星星又是如何呢？它們有在動嗎？說到星星啊，星野！」

突然點到我的名字，我嚇了一跳。老師剛才叫我「星野」……！

「啊、有。呃……。七夕的時候我看了銀河，不同時間下它的位置好像不一樣……。有在動吧……？」

老師露出微笑。

有答對吧……？一想到跟老師的視線相對，我的臉就越來越熱。

「……正確答案！沒有錯。星星跟太陽一樣，每天都會規律移動。稱為星星的日周運動。」

……太好了！我叫做「星野昴」，要是說錯就糗了。

不過老師是不是第一次叫我的名字呢？平常都叫「班長」的耶……。

「阿大，我有問題！」

舉手的是瞳。

「請問『冬天的星座』與『夏季大三角』跟日周運動有關嗎？」

「哦哦，石田！好問題！每個季節看到的星座都不一樣。這個現象跟『地球的公轉』有關……」

這時鐘聲響了。

已經結束了？其他課我絕對不會這麼想耶……。

「哦，沒時間了！下個星期我們到天象館再好好看每個季節的星座吧！」

我悄悄看著老師離開教室，之後拿出下星期校外教學的傳單。

「天象館啊……」

昴、銀河、再加上我們的愛犬天狼星。

幫小孩取這種名字的雙親，其實是在天象館邂逅，交往之後結婚的。

當天象館正在播映時，媽媽心愛的項鍊斷了，她在黑暗中找墜子。

當時正好坐在隔壁的爸爸一起幫忙找，媽媽於是道謝……據說這就是兩個人交往的契機。

我們家人常常一起去天象館，我從小的時候就很憧憬，長大之後要是交了男朋友，第一次約會一定要去天象館。

雖然是學校的活動，不過我可以跟大地老師一起去這個特別的地方了。

好像夢一樣哦……。

期待已久的校外教學終於到了。

三年級學生依照班級，共搭乘四輛遊覽車前往天象館。

對於已經從社團退社，沒什麼娛樂的三年級學生而言，是一個久違的活動。
遊覽車上異常的熱鬧。
「阿大，天象館我一定要坐你旁邊哦！」
奈緒她們那一群坐在最後面，把老師團團圍住，大聲笑鬧。
老師也笑的很開心。
「怎麼了？昴妳的表情很恐怖耶？男生好吵哦！」
坐在我旁邊的瞳盯著我的臉問道。
「咦？啊，抱歉。嗯，對啊。」
我下意識的直盯著奈緒她們。我這是……嫉妒嗎……？
遊覽車從學校開出來，大約三十分鐘後抵達天象館。
「星野，麻煩妳點名。」
走下遊覽車之後，班導佐藤老師馬上就指派工作給我。
進場之前，讓大家排好隊伍並清點人數，是班長的任務。
才剛排好的隊伍會有人中途離開，清點人數其實是一件苦差事。
而且大家又很吵鬧，我心裡七上八下的，很怕聽到一般參觀民眾的抱怨。

「23、24、25……。咦？對不起，請大家排好！那邊，請不要離開隊伍～！請大家安靜～！」

大家都很開心，只有我一個人很焦急。

「1、2、3、4……」

就在我又從頭開始數的時候……

「昴很煩耶。」

「因為是班長嘛，所以要假裝很乖巧……」

後面傳來女孩們竊竊私語的聲音。

我瞬間忘了呼吸。

我連頭都不敢回，只好裝做沒聽見，默默數著。

為什麼我要被別人這麼說呢？這又不是我想做的工作。

好不容易點完人數，卻發現少了四個男生。

他們上哪去了啊……？我急著跟佐藤老師報告。

「老師，篠田同學那一群不見了。」

「真的嗎!?已經要開演了耶……」

佐藤老師看著手錶嘆了一口氣。

傷腦筋，該怎麼辦？……啊，大地老師來了！

「佐藤老師，怎麼了？」

「啊，是鹿能老師啊，不好意思。我得先帶其他學生進場，可以請鹿能老師和星野幫我去找篠田他們嗎？」

咦……？我不禁抬頭看大地老師的臉。

「我知道了。班長，走囉！」

話才說完，老師就跑走了，我慌忙追上去。

天象館所在的大樓是一個購物中心。

「有沒有在裡面呢？」

老師和我在寬廣的購物中心跑來跑去，沿著每一家商店找。

平常日的購物中心裡，可以看到推著嬰兒車的媽媽，還有情侶悠閒的走著。

我和老師兩個人能在學校以外的地方共處，總覺得有點高興耶……。

雖然發生緊急事態，不過我甚至有一點點感謝篠田同學。

咦？坐在中央廣場長椅上的男生，穿的是我們學校的制服吧!?一共有四個人！

「大地老師，那裡……！」
「咦……？啊！」
老師立刻跑向長椅。
「你們幾個！在這裡做什麼啊！」
把腿伸長的篠田同學，一看到我和老師，就露出明顯的厭惡表情。
「什麼嘛，是阿大和星野啊！」
「我們幾個對星星沒什麼興趣。想在這裡打發時間，快回去快回去！」
聽到這句話，我忍不住怒火攻心。
「不是這個問題吧？我們是因為學校的活動才來的，突然不見了會造成大家的困擾的！」
「蛤？星野，妳超囉嗦的耶！」
篠田同學半開玩笑的說著，其他三個人跟著哈哈大笑。
什、什麼嘛!?我覺得自己的臉好燙。
不過老師把手放在我的肩上，要我退到後面，自己往前跨一步說道。
「就算你們沒興趣，我今天可是非常期待跟大家一起看星星！篠田，坐在我隔壁，讓我

們一邊看星星，一邊互訴情衷吧！」

老師的玩笑話讓篠田同學笑出來。

「討厭！好噁心哦～」

「別這麼說嘛，篠田同～學！」

老師把右手臂勾在篠田同學的脖子上，另一隻手扭著他的頭。

「住手！好啦，我回去啦！」

「好！回去吧！」

老師摟著篠田同學的肩膀，走向電梯的方向，其他三個人也跟在後頭。

我還呆呆的站在原地，老師轉頭看著我，笑著對我輕輕點頭。

大地老師好厲害哦……。一下子就把篠田同學他們帶回來了。

而且篠田同學他們還笑了……。

相反的，大家只會覺得我很煩。

我拼命的點名，還到處跑著找人……。

回到天象館之後，除了我們以外，大家都已經進場了。

篠田同學他們立刻就被佐藤先生罵，之後分別坐到空著的座位。

我的位置在哪裡呢？我在入口四處張望，這時有人從後面戳著我的肩膀。
回頭一看，大地老師指著後面，一手掩著嘴巴小聲說著。
「……雖然不是學生的座位，去坐那邊吧。那裡看得比較清楚。」
看到老師有點調皮的神情，我默默的點了點頭。
我跟在蹲低身體的老師後方，偷偷走向離大家比較遠的座位。
這樣好嗎……？我緊張的坐在老師的旁邊。
這時傾斜式座椅突然往後倒，於是我跟老師並排躺在一起了。
怎麼辦？老師會不會聽到我的心跳聲呢……。
老師應該沒有察覺我的心情，不過他朝著上方悄聲說道。
「唉。當班長很累人吧。辛苦妳了。」
聽到這麼溫柔的一句話，我想到今天大家對我說的冷言冷語。
班上的女孩竊竊私語的說「昴好煩」、「假裝乖巧」。
篠田同學說的那句「星野，妳超囉嗦的耶！」，還有同伴們的笑聲。
我一直在忍耐，不過眼淚卻不受控制的掉下來，我忍不住說道。
「……老師，為什麼我總是要當『班長』呢……？就算幫大家的忙，也會被說成假裝乖

巧，還是很煩什麼的……。我受夠了……」
這時通知開演的鈴聲響起，場內暗了下來。
怎麼辦，眼淚停不下來……。老師一定很困擾吧……。
我不敢發出聲音，默默的哭泣，老師輕輕拍了我的頭。
抬頭之後，我撞上老師的視線。
看到他認真的眼睛，我沒有移開視線，老師在我的耳邊悄聲說道。
「妳聽過『夜空中，昴星最美』嗎？」
「咦……？」
「這是清少納言寫的『枕草子』當中的一節哦。昴星指是金牛座的昴宿星團。千年前的清少納言說：『星星就屬昴星最美』。」
我一邊啜泣，一邊問道。
「『星星就屬昴星最美』……？」
「嗯，是天上最美的星星哦。妳不是『班長』，而是『星野昴』吧。妳的名字明明這麼好聽，我卻一直沒叫過，真是對不起。」
這是我目前為止聽過最溫柔，最溫暖的聲音，深深滲入我的胸口。

「妳之所以不能表現自己的心情，是因為我們一直在要求妳啊！」

老師說著，一邊摸著我的頭髮，把我的頭髮撥亂。

老師的手又大又溫暖。我覺得好安心哦……。

我用手帕擦乾眼淚，抬頭望著天象館的屋頂。

好美哦……！星星簡直就像快要掉下來了……。

「巨大的銀河在夏季夜空裡閃耀著。銀河的周圍，有許多夏季的星座。例如天蠍座、天鷹座、天鵝座、天琴座等等。」

場內播放著迷人的古典音樂，還有女性清澈的解說。

美的就像一場夢境，不過我突然發現左肩膀好重。

我嚇了一跳，看著隔壁的座位，大地老師竟然靠在我的肩膀上睡著了。

不會吧……？老師睡著了……。

剛才到處跑著找篠田同學他們，所以累了吧……。

老師亂翹的頭髮碰到我的臉頰，好癢哦。

沒想到老師的臉居然離我這麼近……。

我抬頭仰望星星，有點害羞又有點開心，胸口都快要裂開了。

「夜空中，昴星最美」嗎……？

校外教學的第二天。今天班會的議題是討論園遊會的籌備事宜。

我在今天下了一個決定。

我打算當園遊會執行委員的候選人。

一、二年級的時候，因為我也是班長，所以只能看著大家開開心心的舉辦園遊會。

今年還是當了班長，不過國中最後一次的園遊會，我也想加入大家的行列。

我站在大家面前，用粉筆在黑板上寫了「園遊會」。

「首先要請大家選出園遊會執行委員。有人自願嗎？」

靜悄悄……。沒有人舉手。

我打定主意，把手稍微舉到胸口一帶說著。

「有。……我自願！」

原本安靜的教室裡，突然一陣騷動。

「咦……？小昴要當嗎？」

「妳不是班長嗎？還可以勝任執行委員嗎？」

大家你一言我一語的說著，我斷然說道。

「我當然會做好班長的工作。不過我一直在想，國中的最後一年一定要當園遊會執行委員。如果沒有其他人想當的話，請大家把機會讓給我吧！」

瞳突然大聲叫著。

「我也要當！所以大家讓昴當嘛！」

在全班同學的注視之下，瞳開始拍手。

接著教室裡的人也開始零零星星的拍手。

我嚇了一跳，後來越來越多人跟著拍手，最後全班一致鼓掌通過。

我看著站在教室後面的大地老師，老師微笑著對我豎起大姆指。

結束緊張的班會之後，我一回到座位瞳就跑了過來。

「執行委員的工作，我們兩個人一起加油吧！我們一定要辦一場很棒的園遊會！」

「嗯。瞳，謝謝妳。」

「昴自從運動會之後好像就變了個人似的。好像是憑著自己的意志向前邁進。」

「是、是嗎？」

「嗯。雖然我喜歡負責又專注的昴，但現在的昴也很酷，我好喜歡哦！」
聽到瞳說我很酷，我有點不好意思，可是又好開心哦。
下定決心，自願當執行委員真是太好了……。

在園遊會之前，執行委員幾乎每天放學後都要討論與準備。
工作又分為班級與社團活動管理、體育館舞台管理、宣傳、裝飾等小組，我和瞳負責宣傳的部分。
我們的工作是製作海報，請附近的店家幫忙張貼，還有製作「園遊會會報」這份小報，在校內張貼。
結束漫長的會議之後，正在收拾的時候，執行委員長矢部同學說。
「大家一起回家吧！」
在瞳的提議之下，我和大家一起走到公車站。
三班的矢部同學總會用一些異想天開的創意帶動氣氛，是大家的開心果。
今天也說了自己爸爸喝醉時的糗事，逗得大家好開心。

「他就像這樣搖搖晃晃的，叫著『巧～』然後抱住我……」
矢部同學突然抱著我模仿。
「你們在做什麼！」
這時突然聽到有人大叫，我吃驚的回頭，大地老師站在後面。
「你們佔了整條路，會影響其他人吧？」
老師用嚴肅的口氣說著，把我和矢部同學拉開，再把大家趕到人行道的一側。
「幹嘛啊。阿大竟然生氣了……」
老師無視矢部同學的話，自顧自的往前走，又突然回頭，對著我說。
「喂，星野妳要搭公車吧！快點來啊！」
「啊，是……。大家，明天見囉！」
我慌慌張張的向大家揮手，追上快步走向公車站的老師。
「大地老師！」
老師一直默默的往前走，我對著老師的背影說道。
「那個……。對不起。不過也不用那麼生氣吧……路上沒有其他的行人啊？」
老師突然停下來，轉過頭來說。

「妳當園遊會執行委員是為了跟男生打情罵俏嗎？應該不是吧？」

「咦……？」

我嚇了一跳，又有點難過，眼睛滲出淚水。

「哪有……。看起來像這樣嗎……？才不是這樣呢……」

這時老師好像驚覺到什麼似的說道。

「啊，抱歉……。剛才看起來很像在跟男生打打鬧鬧。沒什麼。抱歉。」

老師又再次往前走。他的耳朵看起來好像紅紅的。

老師……你為什麼要說這種話呢……？

大地老師的特別講座⑤

交給我吧！
這裡要說明的是
天體的動向！
請教大家
第5章裡
的部分！

太陽……實際上並沒有移動，不過看起來卻像在動哦。

（101頁）

太陽從東方的天空昇起，經過南方的天空，再落入西方的天空。太陽一天的運動就稱為**太陽的日周運動**。可是實際上並不是太陽在移動，而是我們所處的地球在移動哦。

地球每天（24小時）會由西向東轉一圈。所以太陽看起來是由東往西移動。從行進中的電車窗戶看到的景色，是不是跟電車呈反方向移動呢？太陽的原理也是一樣的。這樣的地球運動稱為**地球自轉**。太陽的日周運動是由於地球自轉形成的動態。

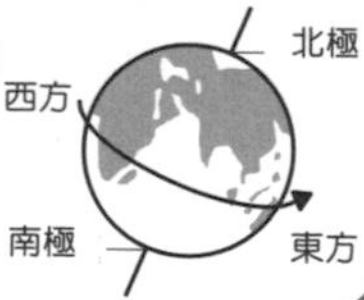
北極
西方
南極
東方

星星跟太陽一樣，每天都會規律移動。

（102頁）

星星也跟太陽一樣，會由東往西移動。稱為**星星的日周運動**。星星本身並未移動，這也是由地球自轉造成的動態。

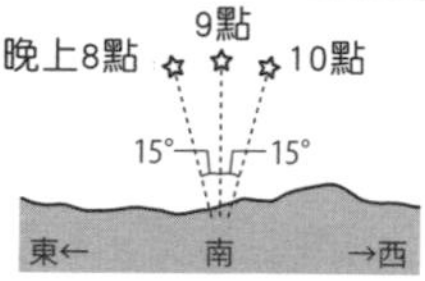
9點
晚上8點
10點
15°
15°
東←
南
→西

星星移動的速度又是多快呢？地球會以一定的速度自轉，因此星星看起來也會以一定的速度移動。**地球一天（24小時）旋轉一圈（360°），一個小時則是360°÷24（小時）=15°**。可以明顯看見它的移動吧。這一點跟太陽也是一樣的哦。

每個季節看到的星座都不一樣。這個現象跟『地球的公轉』有關……

（102 頁）

我們在冬天可以看見獵戶座，可是在夏天應該看不見吧？夏天看得見的天蠍座，到冬天則看不見了。沒錯，每個季節看得到的星座都不一樣。原因在於**地球的公轉**。雖然地球會自轉，同時也會進行**1年繞行太陽1周**的公轉運動。

從地球看去，我們看不見與太陽呈相同方向的星座。這是因為這個星座出現在地平線上的時候，正好是地球的中午哦。與太陽呈相反方向的星座，在該季節的午夜時分，則會是出現在南方天空的。與太陽呈相反方向的星座，會隨著地球的公轉而改變，所以每個季節可以看見的星座都不一樣。

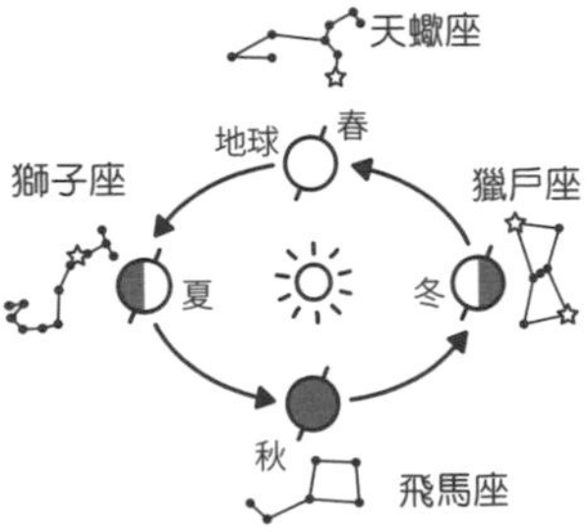

Check! 老師的小測驗

3

Q.1 下列何者為太陽日周運動的原因？
①地球自轉　②太陽自轉　③地球公轉

Q.2 太陽與星星每小時移動的角度為？
①1°　②15°　③30°

Q.3 地球公轉的周期為？
①一天　②一個月　③一年

答案　Q.1……①／Q.2……②／Q.3……③

小昴的愛的天體觀測

「真心希望能為眾人的幸福獻上一己之力。」

by 變成星座的蠍子

有個紅色一等星——心宿二的天蠍座，是夏季夜空可見的星座。在希臘神話中，俄里翁就是被這隻蠍子刺中，中毒而死。雖然跟32頁死於阿蒂米斯箭下的故事互相矛盾，就先別管那麼多了，來看一下另一個跟天蠍座有關的故事吧。在宮澤賢治的著作『銀河鐵道之夜』裡，有這樣的故事。

從前，有一隻蠍子，靠吃小蟲子維生。有一天，這隻蠍子被鼬鼠找到，就快被吃掉了，牠拼命的逃跑，結果卻掉到一口井裡面。牠想盡辦法還是無法離開水井，蠍子就快要被水淹死了，這時牠想。「我過去不知道吃了多少的生命。就在我正被鼬鼠捕獲的時候，我卻拼命的逃生，然後落到這樣的下場。為什麼我不肯默默的將身體交給鼬鼠呢？這樣一來鼬鼠又能再多活一天了。神啊，請祢看看我的心吧。我無法捨棄這渺小的生命，如果還有機會，我真心祈求眾人的幸福，請使用我的身體吧。」……後來蠍子讓自己的身體化為美的紅色火焰，照亮黑暗的夜晚。

這是蠍子達成心願，化為天蠍座的故事哦。

【第6章】笨蛋，我好歹也是男人耶。

運動會、校外教學、園遊會，國中最後一年的活動一個個的結束了。

其中，我下定決心挑戰的園遊會執行委員，真的讓我感到非常充實。

為了讓全校師生感到有趣，我們自己要先玩的開心。才能讓大家了解有多麼有趣。

這就是委員會的概念，成了我最棒的回憶。

最棒的……？不對，我覺得最棒的回憶還是天象館……。

男孩們以大地老師為中心，圍繞在講桌旁，開心的比著腕力。

我察覺我的目光最近越來越常追逐著老師的身影了。

「阿大！如果我們有人贏你的話，要跟我們說理化考試的重點哦！」

「如果我贏你們的話，那我的課你們要考滿分哦！」

老師說著，一口氣將篠田同學的手臂壓到講桌上。

「昴，遠足是不是八點在車站集合呢？我把傳單弄丟了……」

瞳突然對我說話，害我嚇了一跳。

下星期終於是三年級的最後一個活動---登山遠足。

超過六小時的登山，對於我們這些國中生來說非常辛苦，老實說我覺得很麻煩。

不過聽說往年的三年級學生在登頂的時候都會喜極而泣，還會抱在一起。

我也會哭嗎？

「請大家保持身體的最佳狀態！雖然是准考生，還是嚴禁睡眠不足哦！」

遠足的前一天，全體三年級學生都到體育館集合，接受行前訓練。

「明天的氣象預報是陰天，不過山裡的天氣多變化，請大家準備好雨具。」

確認集合時間等等事項之後，教體育的橫山老師指示大家應該攜帶的物品，訓練就結束了。

我跟瞳在一起，走向擁擠的體育館出口，這時我撞到一個男生的肩膀。

「啊、抱歉……」

對方先開口道歉，我吃驚的抬起頭。

「川崎同學……」

自從那天在公園把他推開之後，已經過了快一個月了。

「我先回教室了。」

「啊、瞳……」

川崎同學和我被丟下來，我們隨著人潮，一起從體育館走向通往教室的走廊。

一個月前我就一直想要說的話，現在我卻沒有自信可以當場開口告訴他。

不過我必需慎重的向他道歉，我很清楚這件事。

「啊、那個、不好意……」

「星野……。明天登山之後，可以跟妳談談嗎？我不希望就此結束。」

有別於清晰的聲音，川崎同學的表情非常悲傷。

「嗯……。那個，我，很抱歉。一直沒傳簡訊給你……」

「嗯，總之明天再說吧。」

說完，川崎同學分開學生們的人潮，先離開了。

讓川崎同學等了這麼久，這段時間我卻一直想著大地老師的事情。

我什麼時候變成這麼自私的人了？

不過我的心意不會改變。明天好好跟他說吧。我不會再逃避了……。

登山遠足的早上，是一個灰濛濛的陰天。

但今天大地老師的身邊依然充滿笑容。

「阿大，你好像登山客哦！好帥哦！我要是走不動，你要背我哦！」

「你在說什麼啊？怎麼可能背著你們走呢？我會趴在地上啦！」
「好過份～！」
大地老師髒髒的登山鞋，以及鬆垮的後背包，在在說明了老師經常爬山。
運動會的時候也一樣，沒穿白袍的大地老師看起來就像個學生，根本不像學校的老師。
不過老師畢竟還是老師啊。
我對於老師來說，也是眾多學生當中的一個人吧……。
「昴，妳還好嗎？今天要跟川崎同學談談對吧？」
「嗯……。我想鄭重的跟他道歉。」
我喃喃自語著，瞳呼的嘆了一口氣。
「這樣啊……。我本來覺得妳們兩個人很相配耶。不過既然昴不是這麼想的話，那也沒辦法了……。為什麼呢？妳喜歡上其他人了嗎？」
「不、不是啦……」
我曾經對瞳說過，我跟川崎同學的交往並不順利。
不過我沒說過我對大地老師的心意。我怎麼也說不出口……。
「接下來從一班開始，依序出發！在爬到山頂之前，都不准吃便當哦！」

在橫山老師的喝令之下，我們終於出發了。
因為我是班長，所以走在二班隊伍的最後方。
走著走著隨著高度提昇，風勢也越來越強勁了。
我不經意的摸一下頭上的帽子。
……咦？不見了！掉到哪裡去了呢？這是爸媽剛買給我的耶……。
我走路的時候一直茫然想著大地老師和川崎同學的事情。
說不定掉在剛才來的路上了。回頭找看看吧。
我下定決心，跟後面三班、四班的同學走相反方向，開始往下走。
跟我錯身而遇的同學們，露出奇怪的表情看著我，而大地老師走在最後面。
「哦，星野。怎麼了？」
「那個……。我的帽子好像掉了……」
「這就怪了。我來的時候一直很注意看大家有沒有掉東西，可是都沒有看到帽子耶。」
「真的嗎？怎麼辦……」
可能是看到我煩惱的樣子，老師說。
「好吧。那我再往回走一小段路，幫妳找找看，妳先往上爬吧。追不上大家就糟了！」

「這怎麼行……。沒關係。不需要找了……」
「別客氣了。不要緊的！我的腳程馬上就能趕上！」
老師輕輕拍拍我的頭，開始沿著山路往下走。
大地老師……。你為什麼這麼溫柔呢？
我一直目送著老師，直到看不見他的背影為止，接下來我又一個人往上爬。
咦？那個樹枝上掛著水藍色的東西……？
不會吧，是我的帽子！原來不是掉了，而是被樹枝勾到了！
我還以為掉了，一直看著地上找，才沒有發現。得趕快通知大地老師才行！
我追著老師，快步走下山路。
但是一直沒看到老師的背影。
老師跑到哪裡去了呢？我真的感到很不好意思……。
啊，從下面那棵樹的間隙裡露出來的，不正是大地老師的藍色後背包嗎？
「大地老師！我找到帽子了！」
老師轉身抬頭看著我。
我很開心，不自覺用跑的下山。

「笨蛋！不准用跑的！」

老師雖這麼說，但已經太晚了。我順著下坡傾斜的坡度，根本停不下來，就這樣撲進老師的胸口。

怎、怎麼辦……。我覺得太丟臉了，不敢看老師的臉……。

「妳在幹嘛？很危險耶？」

聽到老師嚴厲的口氣，我畏畏縮縮的抬頭看著抱住我的老師。

咦？老師在笑……？而且表情還很溫柔……。

「對、對不起！」

我急著跟老師分開，這個瞬間我的左腳踝感到一陣刺痛。

我搖搖晃晃的，再次抱住老師。

「怎麼了？還好吧？」

「腳、我的腳……」

我抓著老師的手臂，按住左腳踝。

「跑的時候扭傷了嗎？讓我看看。」

老師扶著我，讓我坐在附近的石頭上，這時一滴滴的雨水打在我的額頭上。

「啊、糟了！下雨了。等一下再處理妳的傷勢！我先背妳走！」
「怎、怎麼行！不用了！我可以走！」
「別逞強了！快一點！冷鋒正在通過，雨勢馬上就會變大了！」
老師撐著我的雙手，讓我站起來，再把我背到自己的背上。

雨勢越來越大了，甚至連前面都看不清楚了。
老師跟我當然都淋得一身濕。
老師背著我，腳下很濕滑，走起來很辛苦。
「還好嗎？腳會痛嗎？」
「我不要緊……。老師，很重吧？不好意思……」
「看吧，又在客氣了。不要緊啦。妳不像外表看起來那麼重。」
「咦？那不就是……？討厭啦！我看起來很胖嗎!?」
老師像要趕跑大雨似的，哈哈哈的笑著。
「喂，別亂動。會掉下來哦？……啊！有一個避難小屋！在雨勢變弱之前，先到那裡避難吧！」
老師在雨中找到避難小屋，小跑步快速前進。
進去裡面之後，老師慢慢將我放在長椅上。
接著從自己的後背包裡取出運動毛巾，輕輕放在我的頭上。
「來，用這個擦吧。背包裡進了水，有一點濕，忍耐一點吧！」
是大地老師的味道。……我一直讓毛巾掛在頭上，心跳得好快。
「對不起……」
「星野，妳從剛剛就一直在道歉！從現在開始，不准再道歉了！道歉的話我就要彈妳的額頭！」
老師蹲到我的腳邊，捲起我左腳的褲管，脫下我的襪子。
哇！我的腳踝腫得好大哦……。
「哇，好腫哦！先冰敷吧。我有帶貼布。」
老師從自己的後背包取出貼布，馬上就貼在我的腳踝上。
老師用被雨淋得冰冷的大手，觸摸我的腳踝。
我覺得很不好意思，心臟都快從嘴巴裡蹦出來了……。

真是不可思議。老師只是幫我貼貼布，我就覺得疼痛一下子就消失得無影無蹤。

視線跟老師對上了。這個瞬間，我開始抖個不停。

「會冷嗎？被雨淋濕了，很冷吧？」

「是。有一點……冷……」

老師好像看穿了我所有的想法……。

「也對啦。等我一下。」

我一直發抖，等著走到外面的老師。

「這裡有發電機，電暖爐應該還能用。」

過了一會兒，在暖爐的作用下，小屋裡慢慢變暖了。

變暖的同時，窗戶因水氣凝結變霧了，看不清楚外面的樣子。

「咦…暖爐熄了？」

老師慌忙去確認發電機，再次往外走，過了一會兒又走進來。

「燃料用完了……」

「暖爐已經點不著了嗎？」

「沒有燃料了……。會冷嗎？」

「不要緊。對了，老師把毛巾借給我，自己一直濕答答的……」
「喂，別小看青年海外協力隊哦！沒事、沒事！」
老師一臉神彩奕奕的笑著。
不過他的嘴唇就像泡在游泳池似的，都變成紫色了，我感到非常抱歉。
雖然我嘴巴上說不要緊，完全冰冷的身體又開始發抖了。頭好痛哦……。
我忍不住按著額頭，老師盯著我的臉瞧。
「喂，妳真的不要緊嗎？」
「只、只是頭有一點痛……。不過我沒關係的。」
我努力擠出笑容，老師還是擔心的把手探向我的額頭。
我不禁抖了一下，把身體後往挪。
同時我的目光跟迅速抽回手的老師對上。
老師只是想量一下我的體溫。
光是兩個人單獨待在這麼小的空間裡就很緊張了，更何況還靠得這麼近……。
我的心臟都快承受不了了，發出撲嗵撲嗵的聲音。
「……抱歉。」

老師突然將視線移開，小聲說道。

……老師為什麼要道歉呢？

瞳之前發燒的時候，老師也把手放在瞳的額頭上，測了一下溫度啊。

明明是同一件事，為什麼對我要說「抱歉」呢……？

「啊，我有帶外套，等我一下哦！」

老師像是要打破尷尬的沈默似的，開朗的說著，突然在後背包裡翻找。

接著從裡面拿出一件皺巴巴的尼龍薄外套。

「我真佩服我自己！穿上它吧。雖然很薄，多穿一件總是比較好吧？」

「咦？可是……」

「沒關係！這件跟白袍不一樣，我都有洗，別介意啦！」

老師笑著繞到我後面，讓我穿上外套。

「真慘，我冷到手都僵了，都動不了啦！」

下一秒鐘，外套滑到我的腳邊。

老師跟我同時伸出手撿，我們的手瞬間碰在一起。

「啊！」

這次是老師先抖了一下，把手縮回去。
跟剛才一樣……。為什麼老師今天不像平常一樣開玩笑呢？
不對，之前準備園遊會，回家的路上我跟矢部同學在一起，他也突然生氣了……。
我不懂老師的想法。……跟老師待在一起的時候，為什麼我總會莫名其妙的想哭呢？
我原本應該是一個認真負責的人，現在卻一直想著老師的事情，什麼都沒辦法做。
不過，我想這一定就是「喜歡」的心情了吧。
我再也不想隱瞞自己的心意。我想要坦白面對自己的心情。
我深呼吸之後下定決心，對著坐在屋裡角落椅子上的老師問道。
「老師……。你討厭我嗎？」
「咦？妳這麼突然、在說什麼啊？」
「到底有沒有討厭我呢……？」
「……沒那回事啊。……妳怎麼會這樣想呢？」
老師維持坐姿，直盯著自己的腳尖，向我問道。
「因為老師之前發了一頓脾氣，說我『當園遊會執行委員是為了跟男生打情罵俏！』……」

「那個是……」

老師話只說了一半，沒再繼續說下去。

我覺得眼淚好像快要掉下來了，一邊說道。

「……而且老師好像不想碰到我的樣子……」

「……不是！」

他突然大叫，打斷了我的話。

「啊……抱歉……」

「老師不需要道歉。……我，對老師……」

「笨蛋，我好歹也是男人耶。在這種狀況下，就別說那種話了！」

「咦？」

這時聽見有人咚咚咚的敲著避難小屋的門。

「鹿能老師！星野！你們在裡面嗎？」

「是！我們在裡面！」

老師像是彈跳似的站起來，迅速衝到門口。

打開門之後，看到佐藤老師和橫山老師站在細雨之中。

「太好了，總算找到了。聽說星野下山找帽子……。還好鹿能老師陪在她身邊。」

等到雨勢停歇之後，大地老師再度背著我，前往大家等候的地方。

「突然下雨了，只好放棄攻頂了。現在大家都在廣場吃著便當，等妳跟鹿能老師。……大家都很擔心哦！」

佐藤老師走在我們的旁邊，用嚴肅的表情說著，我只能對老師點頭致意。

穿越山路，走進廣場，等待已久的班上同學馬上跑了過來。

「是星野！」

「昴！」

泫然欲泣的瞳也在其中。

大地老師一言不發的，慢慢把我放下來。

「對不起！我都沒發現昴跟我們走散了……」

「沒關係。我才要抱歉，給大家添麻煩了。」

「妳的腳怎麼了？」

「嗯，剛才扭了一下。不過大地老師他……」

我環顧四周，尋找大地老師的身影。

老師站在比較遠的地方，一臉認真的跟其他老師說話。

我突然覺得老師很遙遠，心裡有一點悲傷。

「星野！」

突然聽到有人在叫我的名字，我回頭一看，是一臉緊張的川崎同學。

「川崎同學……」

「啊、我去拿昴的便當哦。」

瞳連忙去拿我的後背包，川崎同學悄聲說道。

「……還好嗎？聽說妳跟阿大在一起……？」

「嗯。……那個。我有話要對川崎同學說……」

「嗯。」

我不敢直視川崎同學的臉，一直盯著自己的腳，一口氣說道。

「我有喜歡的人了。對不起……」

「我知道。」

「咦？」

「我早就知道了。我知道星野的目光並不是放在我的身上。……是阿大吧？」

「川崎同學……」

「不過妳們不會順利的。對方是老師耶。我會等妳的。我要上高中，快點長大成人，成為一個不比阿大遜色的男人！」

「……謝謝。不過……」

「好了，別再說了！是我自己要等妳的。走囉！」

川崎同學說完之後笑了，跑進一班同學的隊伍中。

對不起，川崎同學……。你真心的喜歡我，真的很抱歉……。

為什麼我沒辦法喜歡上喜歡自己的人呢？

為什麼我要追求一段根本不可能實現的戀情呢？

大地老師的特別講座⑥

交給我吧！這裡要說明的是**天氣的變化**！
請教大家第６章裡★的部分！

冷鋒正在通過，雨勢馬上就會變大了！

（129 頁）

當上空的暖空氣與冷空氣撞在一起的時候，空氣並不會混合，而會形成一道鋒面。這時，當冷空氣比較強時，會**形成冷鋒**。冷空氣鑽進暖空氣下方，前進時將暖空氣往上推，所以暖空氣會急速向上，形成**積雨雲**等等垂直延伸的雷雨雲。所以天氣會一下子轉壞哦。

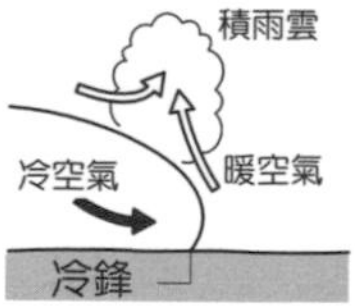

積雨雲
冷空氣
暖空氣
冷鋒

當冷鋒通過時，會下起一陣猛烈的驟雨。等到冷鋒通過之後，雨勢就會停歇，氣溫則急速下滑。

窗戶因水氣凝結變霧了，看不清楚外面的樣子。

（132 頁）

空氣中含有**水蒸氣**，而水蒸氣的含量會依空氣的溫度而異。當空氣的溫度下降時，能夾帶的水蒸氣含量也會減少。這樣一來，就無法再夾帶所有的水蒸氣了，於是水蒸氣變為水，形成水滴。這時的溫度就稱為**露點**。

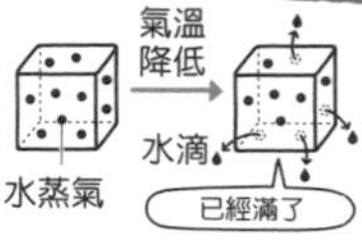

氣溫降低
水滴
水蒸氣
已經滿了

如果在冬天等等寒冷的日子使用暖爐，窗戶就會出現水滴吧。這是因為房間裡溫暖的空氣與冰冷的窗戶接觸，空氣冷卻後低於露點，於是形成水滴附著在窗戶上。這就是**凝結**。

老師慌忙確認發電機……過了一會兒又走進來。

（133 頁）

纏繞多圈銅線製成線圈之後，以磁鐵在旁邊移動，線圈就會出現電流。磁鐵作用的空間稱為**磁場**，雖然磁鐵周邊有磁場，線圈出現電流之後，也會形成磁場。這時的磁場會阻礙磁鐵朝向線圈接近的動作。舉例來說，當磁鐵的N極接近時，線圈會形成N極，阻礙它的接近，等到N極遠離之後，線圈又會形成S極阻礙它遠離，大概就是這樣的關係吧。

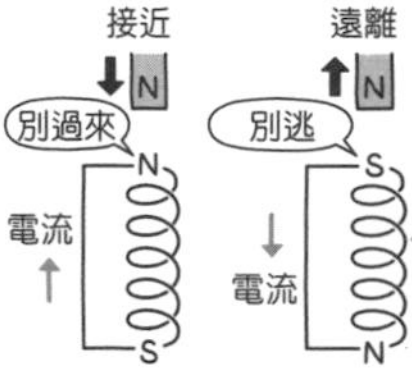

利用這種原理，變化線圈中的磁場，使電子流動的現象稱為**電磁感應**，這時流動的電流稱為**感應電流**。不過只要停止磁鐵的動作，磁場即不再變化，感應電流就不會再流動了。

發電機就是利用電磁感應製造電力的裝置。發電機會利用線圈與磁鐵，連續取得電流哦。

Check! 老師的小測驗

3

Q.1 下列何者是當冷空氣比暖空氣強大時形成的鋒面？
①暖鋒　②冷鋒　③梅雨鋒

Q.2 空氣中水蒸氣開始化為水滴時的溫度稱為？
①凝結　②濕度　③露點

Q.3 線圈磁場變化時，流動的電流稱為？
①電磁電流　②感應電流　③直流電流

答案　Q.1……②／Q.2……③／Q.3……②

小昴的  愛的天體觀測

「將此冠授予妳吧！」

by 酒神戴奧尼索斯

春季至初夏可見的北冕座，有著以下的故事哦。

克里特島的米諾斯國王在皇宮地下建造了一個巨大的迷宮，將可怕的牛形怪物彌諾陶洛斯關在裡面。還從雅典擄來少年少女，獻給彌諾陶洛斯當祭品。

雅典王子忒修斯決定打倒怪物。由於克里特島的公主阿里阿德涅悄悄愛上忒修斯，建議他帶著一圈毛線進迷宮。殺死彌諾陶洛斯之後，忒修斯沿著毛線平安逃離迷宮後向她求婚。

回到雅典的途中，忒修斯一行人的船隻停靠在奈克索斯島。當天夜裡，忒修斯做了一個夢，「帶阿里阿德涅回國將會引來災禍」，於是他把阿里阿德涅留在島上。阿里阿德涅醒來之後得知事實，她非常的絕望，打算跳海自盡。

這時酒神戴奧尼索斯正好路過。戴奧尼索斯聽了阿里阿德涅的故事之後，送給阿里阿德涅一個鑲了七顆寶石的皇冠，並娶她為妻。兩個人後來過著幸福的日子。阿里阿德涅的皇冠則被放在天際，成了閃耀的星座。

【第7章】這個，就送給星野吧。

時序進入十一月，早晚的氣溫比較低，我們上學的時候都要穿上外套了。走下公車，我感到清晨的空氣讓身體一陣冰涼。

上星期登山遠足時扭到的左腳，現在還沒痊癒。

我稍微拖著腳，慢慢走在上學的路上，在大門口正好遇見瞳。

「昴，早啊！」

「早安。」

「妳的腳還會痛嗎？書包我幫妳拿吧！」

「謝謝。不好意思。很重吧？」

「不要緊啦。……話說回來，阿大人真的很好耶。在那麼大的雨勢裡，還背著昴走了一個多小時的山路吧？」

一大清早就聽到大地老師的名字，害我的心大大的跳了一下。

「嗯……。是啊……」

「……我問妳哦，妳甩掉川崎同學的原因，該不會是因為阿大……？」

瞳的話讓我說不出話來。這時突然有人從後面敲敲我的頭。

「大、大地老師！」

「早安。星野，腳還好嗎？」

自從登山遠足之後，老師還是一如往常的對待我。

那一天，我本來想告訴老師自己的心意。

雖然我沒有說完……。

老師自然也沒有回答我。我想他以後也不會回答吧。

因為我是學生嗎……？

不過知道了我的心意之後，老師還是一如往常的對待我，讓我感受到老師的溫柔。

沒錯。我喜歡的就是對每個人都很溫柔，對一切生物都很溫柔的老師。

既然老師一如往常的對待我，那我也一如往常的當個好學生吧。

「還有一點痛，不過沒事了。謝謝。」

……我這樣說還好嗎？

「喂，阿大！我們改天來辦個夜間觀星嘛！」

奈緒她們那一群，在早上的班會結束之後，圍著大地老師笑鬧。

「妳們幾個什麼時候開始喜歡星星了啊？我看只是想跟阿大一起過夜吧？」

篠田同學聽見之後，取笑著她們，奈緒嘟著嘴巴。

「什麼嘛，跟你無關吧？」

老師看著他們你一言我一句，笑著說道。

「最近確實是可以清楚看見星星的季節哦。因為秋天和冬天的溫度比較低，所以星星看起來很清楚。雖然要先取得學校的允許，不過辦個觀星會應該還不錯吧！」

「太好了！」

咦？真的要跟奈緒她們……？

「好，我馬上就去問佐藤老師。老師說OK的話，就在這個星期六辦吧！篠田，你先問一下全班同學的參加狀況！」

「咦～!?全班嗎？好無聊哦～！」

不顧奈緒的抗議，老師小跑步衝出教室。

太好了……。全班都能參加。

放學後，老師取得學校方面的允許，開心的公佈。

「這個星期六，傍晚六點到屋頂集合。太陽西沈的時候，正好可以看到『宵之明星』，可以參加的人請儘早過來哦。基本上理化教室有幾架天文望遠鏡，不過家裡有的話也可以帶過來！還有夜晚天氣很冷，請大家穿著保暖的衣物哦！」

一想到星期六也能跟老師見面，我就覺得很興奮。

下一秒，我的視線正好對上瞄了我一眼的老師。

「對了。趁著這個難得的機會，如果家裡有唸小學的弟弟妹妹，也可以帶他們過來哦。」

咦？這表示我可以帶銀河一起來嗎？

不過銀河在的話，總覺得有點礙手礙腳耶……。該怎麼辦？

雖然我很想參加，卻一直拿不定主意，明天就是觀星會了。

如果我跟爸爸媽媽他們說的話，他們一定會叫我帶銀河去的。

我呆呆站在公車站旁等著公車，看見大地老師從學校走了過來。

太好了，我們可以搭同一班公車回家了！

老師也看見我了，笑著對我揮手。

這個笑容，如果是我一個人的該有多好啊……。

我將這樣的心情收進心底，儘可能保持平靜的說話。
「大地老師，怎麼這麼早就要回家了？」
「嗯！明天有觀星會嘛。我打算現在回家製作講義！啊～好像遠足的前一天一樣，越來越期待了！」
「遠足……」
我突然想起那一天的登山遠足。
老師好像突然感到一陣尷尬，一直用腳尖踩著落葉……。
先打破沈默的人是老師。
「啊，對了。明天妳會帶銀河來嗎？」
「咦？啊，我還在想要不要去耶……。銀河來的話應該會很吵……」
「咦？那妳不來嗎？」
老師露出孩子氣的表情，一臉沮喪的說道。
「一定要來哦。我要讓妳看一個好東西。好嗎？帶銀河來嘛！」
既然老師本人都這麼說了，我一定會去啦。
我微微的點了一下頭。

回家之後，我跟媽媽和銀河說了觀星會的事，不出我所料，銀河非常高興。

「太好了！可以跟阿大老師見．面．耶！耶～～！」

我跟銀河這對姊弟檔，都迷上大地老師了耶……。

星期六。白天是一個萬里無雲的好天氣。

一想到晚上可以跟大地老師見面，明明是每天都要去的學校，我還是很興奮。

我打算穿上上星期爸媽買給我的，有星星圖案的針織衫。

自從聽老師說過「星星以昴星最美」之後，對我來說，「星星」就成了特別的圖案。

「姊姊！快點出門吧！阿大老師不是叫我們早點到嗎？」

銀河準備好去年生日時，爸媽買給他的天文望遠鏡，做好萬全的準備。

「好期待哦！姊姊，希望等一下可以看到很多星星！」

六點之前，我們來到學校的屋頂，已經來了十五個人左右，正在架天文望遠鏡。

好像只有我一個人帶弟弟來……。

「阿大老師！」

銀河一看到大地老師，就突然衝過去，抱住老師。
銀河真好耶。這種事，我也好想做……。
……啊，不過遠足的時候，我也趁著跑下山的動作抱住老師呢……。
回想起當時老師胸口的觸感，還有溫柔的笑容，我一下子害羞了起來。
「這不是銀河嗎？你來了啊！」
老師根本不知道我的心情，摸著銀河的頭，撥亂他的頭髮。
「喂，阿大老師！幫我組望遠鏡的腳架嘛！」
「好啊！」
老師才剛把望遠鏡固定在腳架上，銀河馬上窺視著望遠鏡。
「看到正中央閃耀的星星了嗎？那個是北極星哦。」
「哪個？這個嗎？哦哦！好厲害！姊姊也來看看吧！」
我看著望遠鏡，比起肉眼，可以看到更多閃耀的星星，我忍不住脫口而出。
「好美哦……！」
「對吧!?」
老師一臉得意的說著，銀河和我相視而笑。

參加者差不多到齊的時候，老師對大家說著。
「今晚正好是滿月！滿月就像今天這樣，會隨著日落昇起。」
「咦？月亮不是每天都會隨著日落昇起嗎？」
奈緒才發問，老師就像在等待她的問題似的回答。
「不對哦。月亮盈缺的週期是29.5天。滿月之後是下弦月，接著是新月，然後是上弦月，最後回到滿月。不同形狀的月亮，昇起的時間和落下的時間也會不同。上弦月在中午昇起，深夜沈沒，下弦月則是深夜昇起，中午沈沒哦。」
接下來老師教大家如何找到星座，以及講一些跟星星有關的傳說，觀星會就在八點半結束了。
「接下來就解散吧！大家回去的時候要小心哦！」
好開心哦。……銀河上床的時間快到了，也該回家了。
我來到銀河架望遠鏡的地方。……咦？銀河不在那裡。
「銀河，你在哪裡？」
「怎麼了？」
也許是聽到我的聲音，正在收拾的大地老師走了過來。

「銀河……不見了……」

「咦？剛剛還在吧？」

「嗯，大家都跟他說話，他玩得很開心。」

真是的……。就是因為這樣我才不想帶銀河來。

「說不定他跑到教室裡，迷路了吧。……好，我陪妳一起找吧！」

咦？從現在起，跟老師到晚上的教室!?

我的心怦怦跳，跟在拿手電筒的老師身後，走進漆黑的教室。

「我們從四樓開始，到每一間教室找吧？」

「好、好的……」

「之前也有一次，跟妳兩個人一起找班上的同學吧？」

「對啊……。那個時候，還被大家當成討厭鬼，好難過哦……」

難過的回憶讓我低著頭，老師輕輕的拍拍我的頭。

「沒那回事啦！不要想太多！」

「可是……那一天，老師在天象館對我說的話，我聽了很高興。」

「哦哦，『星星以昴星最美』嗎？」

老師開心的笑著，這時理化室教傳來「嗚哇！」的叫聲。
「是銀河！」
我跟老師同時大叫，跑到理化教室。
拉開理化教室的門，銀河在裡面哭著。太好了，找到了……！
「姊、姊姊～！」
「銀河，怎麼了？」
我急忙跑到他的身邊，銀河緊緊抓住我，指著身邊的人體模型。
「好恐怖哦！」
「啊，那個啊!?」
我想讓他一個人站好，銀河不情願的搖搖頭。
仔細一看，他的膝蓋擦傷了，血都滲了出來。
「還好嗎？在這裡跌倒了嗎？」
「因、因為、那個好恐怖，我嚇了一跳嘛……」
原來是想要遠離人體模型，絆了一跤才會跌倒……。
老師笑著守護著我們這對互相依偎的姊弟。

「來，銀河。我背你吧！」

老師背對著銀河蹲下來，銀河哭著趴到老師的背上。

「這樣一來星野姊弟我都背過了耶！」

老師對我露出淘氣的微笑。

「先去一趟保健室，稍微消毒一下吧。啊、對了。妳有帶手機嗎？」

「有啊，我有帶。」

「打個電話給妳爸媽吧。他們會擔心的。跟他們說老師會在九點半以前送妳們回家。」

咦！老師要送我們回家嗎？雖然會讓爸媽擔心，不過我有點感謝銀河……。

到了保健室，老師迅速的幫銀河的膝蓋消毒，貼上ＯＫ繃。

然後他背著總算鬆了一口氣的銀河，微笑著說道。

「走吧，回家囉！」

我和老師併肩走出教室，外面比剛才更冷了，連吐氣都變成白色。

「啊、銀河睡著了！」

「噓。……大概是累了。讓他睡吧。」
「好……」
走在通往公車站的路上，老師背著銀河，我走在後面一點的位置。
真希望這條路沒有盡頭……。
「妳看！昴！」
「咦!?」
「看得見嗎？就是那個星星聚在一起的地方。那就是妳的星星，昴星哦！」
我拼命的盯著老師所指的夜空，老師悄聲說道。
「昴。真是個好名字。妳要好好珍惜哦。」
「是的……。那個……大地老師。我覺得自己升上三年級，遇見老師之後，有了很大的轉變。」
不可思議的，我脫口說出自己的想法。
老師一邊走著，一邊沈默的點點頭。
「都是老師教我的哦。坦白面對自己的心情，絕對不是自私。」
「嗯。」

「表達自己真正的心意，要對自己所說的話負責呢。」
「……」
「大地老師！」
「咦？」
我大聲叫著，老師好像嚇了一跳似的看著我。
在老師背上睡覺的銀河發出微弱的「嗯嗚……」的聲音。
不久又發出嘶…嘶…的規律呼吸聲，我確定之後，向老師問道。
「為什麼從剛才開始都不說話呢？」
「哦，不是，抱歉。我覺得星野很厲害啊。對自己所說的話負責，我啊……我可沒說過這句話啊。這是星野妳自己發現到又掌握住的事情哦。」
不知不覺間，我們已經到達公車站。……再過幾分鐘公車就要來了。
「大地老師。」
「嗯？」
行駛在車道上的紅色車尾燈照亮老師的側臉後駛過。
有別於平常在白天陽光下所見的老師，現在我看見的這張臉是一張成熟男人的臉龐。

「我喜歡老師。」

我說出來了。就算會被笑也沒關係。這就是我現在最坦白的心情……。

不過老師沒有笑，也沒有驚訝，只是平靜的說道。

「……謝謝。不過星野、我……」

「沒關係。我是國中生，我很清楚像老師這樣的大人不會把我看在眼裡。不過這就是我現在最坦白的心情。」

公車來了。老師和我在公車上完全沒有交談。

回家之後，媽媽來到玄關，三番兩次的對老師道謝。

接著從老師手上接過還在睡覺的銀河，抱著他走進家裡。

只剩下我跟老師在玄關獨處。

「老師，我想要學習更多有關星星的事情。雖然理化我不是很在行。」

「嗯。」

「我也會去唸大學。」

「嗯。……星野……」

「是的。」

我又快要哭出來了。不知怎的，我覺得現在我絕對不能掉眼淚。
「我又去報名青年海外協力隊了。等到請產假的前田老師回來之後，我就要出發了。」
不會吧……。老師要走了……。
我拼命的忍耐，不讓眼淚掉下來，盯著老師的臉。
老師從外套的口袋裡拿出某個東西，遞給我。
「這個，就送給星野吧。」
仔細一看，老師手心裡放著一顆小小的銀色石頭。
「這個……是老師的女朋友送你的隕石嗎？不對，不一樣……」
「這不是葉月送的隕石哦。我以前到澳洲當背包客的時候，正好石頭掉在我面前，我就把它撿起來了。雖然不知道這是不是真的隕石，不過它是我的寶物哦！」
「好棒哦！可以嗎？我真的可以收下嗎？」
「嗯。以後多學習星星的事情，再告訴我這顆石頭的來歷吧。寶物就交給妳保管了。」
我疑惑的從老師手上接過石頭。
「不過就算我查出這顆石頭是什麼，要怎麼通知你呢……？老師不是要離開了嗎？」
「我會寫信給妳。」

「真的嗎……？」

「嗯，我會寫。一定會寫。星野，要加油哦。我也會好好努力的。」

兩個月後，請產假的前田老師回來了，於是大地老師再度參加青年海外協力隊，飛往巴布亞紐幾內亞了。

剛開始，大家還會聊到大地老師，後來因為忙著準備考試和畢業，不久就再也沒有人討論老師的事了。

我順利考取第一志願的高中，從國中畢業了。

明天就要開學典禮了，這天我帶著天狼星出門散步，又想起老師的事情了。

這是那天遇見老師的十字路口。曾經一起散步的公園。所見所及都讓我想起老師。

明明已經是好幾個月以前的事情，卻像昨天才發生似的。我還是忘不了老師耶……。

我感到非常寂寞，回家的時候，天狼星一直站在信箱前面。

不管我怎麼拉都拉不動。……難不成是？

我的心底一陣騷動，急著打開信箱。

裡面有一張照片明信片，照片裡站著一群臉上塗著彩繪的人們。

這裡的星星超美的！昴星也有夠清楚！ 大地

是課堂上那個我所熟悉的，又大又強而有力的字跡。

我就這樣站在原地，一遍又一遍的反覆讀著明信片。

大地老師的特別講座⑦

太陽西沈的時候，正好可以看到『宵之明星』，

（147頁）

金星在日本又稱為**「宵之明星」或「拂曉明星」**。「宵」是太陽剛西沈的這段時間，「拂曉」則是天亮的時間。為什麼會有這種稱呼呢？

金星跟地球一樣，都會繞行太陽公轉，而且是在地球的內側公轉。從地球看來，金星總是在太陽附近，不會在與太陽反方向的位置哦。因此我們可以在傍晚的**西方天空，或是清晨的東方天空看見金星，半夜則看不見**哦。

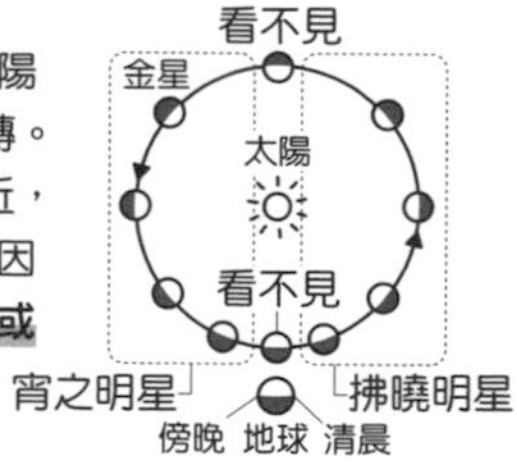

看到正中央閃耀的星星了嗎？那個是北極星哦。

（150頁）

雖然星星看起來像是由東往西移動，不過位於**正北方的北極星卻不會移動**哦。地球以由北極向南極的地軸為中心自轉。北極星正好位於地軸往北延伸的方向。所以不管幾點都不會移動。對以前的旅行者來說，這是一顆指引方向的星星哦。

月亮盈缺的週期是29.5天。……下弦月則是深夜昇起，中午沈沒哦。

（151 頁）

在每天的同一時刻觀察月亮，可以發現月亮的形狀會慢慢改變吧。這就是**月亮盈缺**哦。月亮的形狀的變化為**新月→彎月→半月（上弦月）→滿月→半月（下弦月）→新月**。

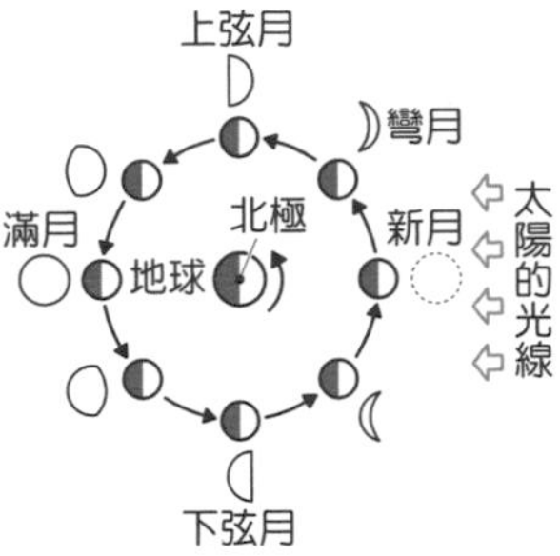

月亮只有半邊會受到太陽光線的照射，同時約以一個月的周期繞行地球公轉一次。月亮之所以有盈缺，是因為月亮繞著地球公轉，月亮、地球、太陽的位置關係逐漸出現變化，造成地球看見的月亮明亮的部分也會有所變化。

Check! 老師的小測驗

3

Q.1 清晨時，我們可以在哪個方位看到拂曉明星？

①東方　②南方　③西方

Q.2 位於正北方，不會移動的星星是？

①天狼星　②北極星　③北斗七星

Q.3 在半月（上弦月）之後，我們會看見哪一種月亮？

①半月（下弦月）　②彎月　③滿月

答案 Q.1……①／Q.2……②／Q.3……③

小昴的愛的天體觀測

「古今中外，昴星的故事」

by 星野昴

我的名字昴，在日文中也表示冬天金牛座的「昴宿星團」哦。平安時代的清少納言，在隨筆『枕草子』中寫著「星星以昴星最美」。一千多年前的清少納言對於昴星的讚賞，好像在稱讚我自己，聽得好開心呢。其他還要介紹幾個描寫「昴星」的文學作品。

首先是日本童話『浦島太郎』。當浦島太郎抵達龍宮城，乙姬公主前來迎接時，有七名男孩跟在身邊，稱浦島太郎為「乙姬公主的新郎」，這幾名男童就是「昴童子」。

在希臘神話中，則把昴宿星團稱為「七姊妹」。

俄里翁來到森林時，昴宿七姊妹正在跳舞。七姊妹討厭俄里翁，所以逃往不同的方向。俄里翁喜歡美麗的七姊妹，追她們追了五年。七姊妹向月之女神阿蒂米斯求救，躲在她的衣服之下，俄里翁這才放棄……。

昴宿星團其實有很多星星，由於肉眼只能見到七顆，才會流傳「七個人」的故事哦。

——4年後
…「星星，以昴星最美。牽牛星。宵之明星。至於流星，可別讓我們瞧見才好。」
昴宿星團又稱為昴星。在千年前的平安時代，隨筆『枕草子』中，被清少納言譽為最美的星星。
位於金牛座方向，距離地球四百光年以上，肉眼也清晰可見。
秋天的半夜裡，從東北方的山頭閃耀著昇起，即使不是清少納言也會覺得很感動…
小昂，今天也講解的很好哦！

鈴木先生放映辛苦了
謝謝
今天是「昴星」嘛…我特別認真哦！
這樣啊！
麻煩妳熄燈啦！
先走了
好
喀嚓
呼
這個就送給班長吧。
──老師…
我只收過一次明信片後來就音訊全無了。
連老師在哪裡我都不知道，也沒辦法回信。
我還不知道這顆石頭到底是什麼石…
「昴星」的講解比我講的還棒呢。
！

老師！
妳還好嗎？
為什麼…？
你不是在巴布亞紐幾內亞嗎…
回來了嗎…？
我一直在等老師聯絡我…
那個啊…
我在日本用的通訊錄，在巴布亞紐幾內亞被小袋鼠踩爛了！
差點被幹掉…
啥？
然後我就忘記妳的住址了…
握緊
噗
真是的，你在幹嘛啊？
老師一點也沒變
嘿嘿…

我一直在查你送我的這顆石頭，
因此在大學也選修天文學。
我知道哦！
我全都知道。
你怎麼會知道呢？
這種事…
只要看妳的眼睛就能知道了～！
又在開玩笑了…
嗯
我是在開玩笑
我啊～沒什麼長進吧？
哈哈
…沒關係，
…開玩笑還是沒長進都沒關係…
大地老師怎麼樣都很好…
…不要再離開了…

我不會離開哦，再也不會了。
在國外，不管看見多美的「昂星」，在我的心裡最閃亮的…
還是現在在我眼前的昂哦！
捏
騙妳的！
哈哈！好醜哦！
…討厭。
！
散開！

パッ
班長。
…我，已經不是班長了。
…那麼，
昴，我喜歡妳。
我也是，大地老師。
…我也不是老師了啦！
…真是的。

鑷子

用來夾小東西。

量筒

用來測量液體的體積。

研缽和研杵

用來將固體磨碎。

卷末資料

理化課會使用的道具們

★這裡要介紹理化課常用的道具哦。
希望對大家的課業有所幫助！

顯微鏡

放大微小物品或細胞。

燒杯

混合液體，或是溶化物品。

試管與試管架

取少許液體與操作。

滴管

吸取少量液體與測量。

純愛學園 系列叢書

即將升上國三的那一年，首次體驗初戀的女孩們。
儘管對象是學校的老師也不畏懼，勇敢面對自己的心情。
因為愛慕之情現在說不出口，只能更認真念書回報老師。
甜蜜又苦澀、充滿夢想與勇氣的校園物語！

獻給全國的青春少女——新形式小說系列

戀愛與學習
看輕小說就能同時實現哦！

說不出口的 I LOVE YOU

12.8x18.8cm　176 頁
單色　定價 180 元

即將升上國中三年級的羽生愛，最大的夢想就是能到美國留學。春假時，小愛在路上遇見一位英語說得很流利的男生，幫小愛解危。可是不知道為什麼卻又被他用英語取笑……！？真是個討厭鬼！沒想到開學後才知道那個人竟然是新來的英文老師！？

數學篇

喜歡♡
的證明式

12.8x18.8cm　　176頁
單色　　定價180元

● ● ● ● ● ● ● ● ● ● ●

在英國待了5年才回國的小圓，

一直期待能與

隔壁的大哥哥再度重逢。

不過她最喜歡的大哥哥

竟然成了小圓學校的數學老師！

雖然每天都能見面是一件讓人開心的事，

但現在兩人卻成了老師和學生的關係了⋯⋯。

解人平常很怕麻煩，

態度總是有點粗魯，

不過偶爾會對小圓很溫柔，

還會說一些讓人心跳加快的話。

從小就愛慕解人的小圓再也無法壓抑這份感情⋯⋯。

一段無法實現的青春戀情，

怦然心動的校園純愛物語。

 瑞昇文化　http://www.rising-books.com.tw

購書優惠服務請洽：TEL: 02-29453191 或 e-order@rising-books.com.tw

TITLE

夜空中，昂星最美

STAFF

		【セン恋。製作委員会】
出版	瑞昇文化事業股份有限公司	
編著	セン恋。製作委員会	木島麻子❤松田こずえ❤宮田昭子
漫畫	七輝 翼	橋爪美紀❤七輝 翼❤古屋美枝
譯者	侯詠馨	原てるみ❤須郷和惠❤田中裕子
		上保匡代❤
總編輯	郭湘齡	
責任編輯	林修敏	
文字編輯	王瓊苹　黃雅琳	
美術編輯	李宜靜	
排版	菩薩蠻數位文化有限公司	
製版	大亞彩色印刷製版股份有限公司	
印刷	桂林彩藝印刷股份有限公司	
法律顧問	經兆國際法律事務所　黃沛聲律師	

戶名	瑞昇文化事業股份有限公司
劃撥帳號	19598343
地址	新北市中和區景平路464巷2弄1-4號
電話	(02)2945-3191
傳真	(02)2945-3190
網址	www.rising-books.com.tw
Mail	resing@ms34.hinet.net

初版日期	2013年5月
定價	180元

國家圖書館出版品預行編目資料

夜空中，昂星最美 ／セン恋。製作委員會編著；
侯詠馨譯. -- 初版. -- 新北市：瑞昇文化，2013.04
176面；12.8x18.8公分

ISBN　978-986-5957-57-5(平裝)

861.57　　　　　　　　　　　102005877

Hoshi Wa Subaru[Rika No Sensei]
© Tsubasa Nanaki/Gakken Education Publishing 2012
First published in Japan 2012 by Gakken Education Publishing Co., Ltd., Tokyo
Traditional Chinese translation rights arranged with Gakken Education Publishing
Co., Ltd.